ポーション
わが身を助ける
8
Potion, waga mi wo tasukeru
novel / Akira Iwafune
Illustration / Sunaho Tobe
「ど、どうしよう。
怖い、すごく怖い……」
「大丈夫だ。安心しろ」
岩船 晶
Illustration
戸部 淑
JN043138

「あ……っ！」
カエデは口を覆った。

ノコギリのように鋭い、
いくつもの牙が
カルデノの皮膚に食い込んでいる。

カスミはラティの
背中をゆっくり擦《さす》りながらニコリと笑って、
カエデを指さした。

「離して！急いでるの！」
「聞けよ！」
アスルはカエデを牽制《けんせい》するように声を荒らげた。

ベッドには
リタチスタさんが
半身を起こして
座っていた。
「髪がこんなで
驚いた？」

Introduction

Potion, waga mi wo tasukeru

novel / Akira Iwafune illustration / Sunaho Tobe

元の世界に帰れない？

ドラゴン騒動からしばらくして落ち着きを取り戻しつつあった王都。
しかし帰還を促す手紙が届いているはずの
魔術師のコニーと**ラビアル**は、まだ王都に戻ってこない。
痺《しび》れを切らした**リタチスタ**は**コニー**たちを探すために
カエデたちと共に出立したが、
駅で二人の男に絡まれているコニーたちを見つけた。
しかしリタチスタの顔を見て二人の男はすぐにその場を逃げるように去った。
嫌な予感がすると言って資料庫へ戻ったリタチスタたち。
すると、カエデが元の世界に戻るために必要な
転移魔法の設計書が盗まれていることに気づく。
すぐに犯人を探し出し、設計書を取り戻そうとしたのだが、
すでに設計書は売り飛ばされていたのだった。
転移魔法を悪用されることを恐れたリタチスタと**バロウ**は、
設計書を追って隣国へ旅立つことを決める。
そんな中、王都で**ゴトー**と普通の生活を夢見る**ラティ**は
ゴトーの仮の体となりうる人形の存在を知り、
その人形を探してほしいとカエデに頼む。
リタチスタたちと共に**隣国・メナエベット**へ
向かうカエデたちであったが……。

ポーション、わが身を助ける　8

岩船　晶

ヒーロー文庫

CONTENTS

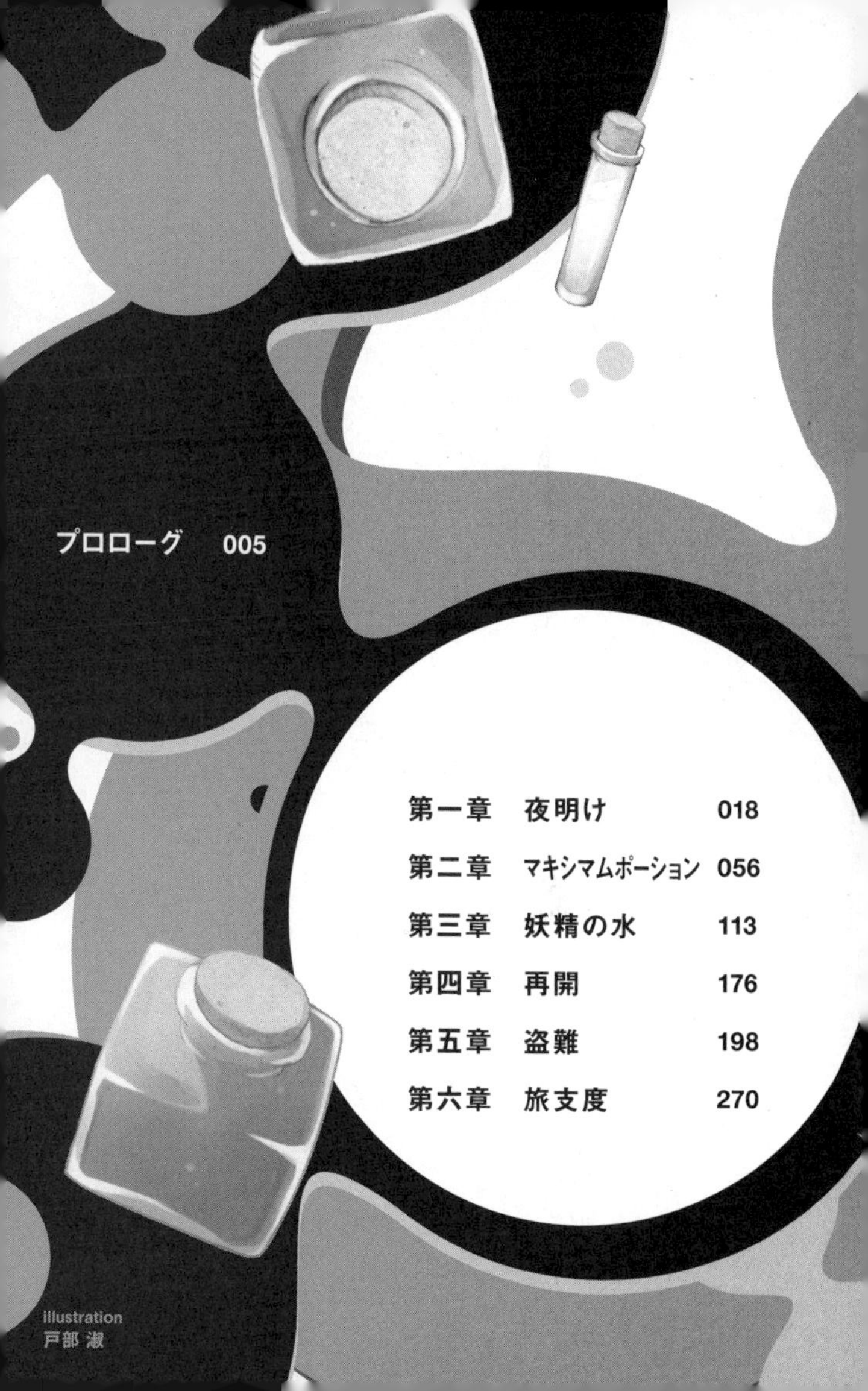

illustration
戸部 淑

イラスト／戸部 淑
装丁・本文デザイン／5GAS DESIGN STUDIO
校正／福島典子（東京出版サービスセンター）
DTP／天満咲江（主婦の友社）

プロローグ

倉庫の中は、あっちからそっちへと飛び交う指示の声が響き、大勢の人たちが駆け回るので、自然と気持ちが急《せ》かされる。

私に与えられたスペースは倉庫の出入り口から近い場所だった。

大人が一人、大の字に広がって寝転がれるほど大きな作業台の上には、次から次にハイポーションの材料がなだれのように運ばれ、作られては数を数える間《ま》もなく回収され、外へ運ばれていく。

目の前の材料に集中していたため、ふっと気が抜けて周りに目を向けると、先ほどまで近くにいたはずのバロウは姿が見えず、眠気でかすんだ目を擦《こす》ったところでクラリと眩暈《めまい》がして体が傾き、ハッとして強く瞬《まばた》きした。

「…………」

それを見られたらしく、倉庫の出入り口で何人かと会話していたリタチスタさんが無言で、そして速足でこちらへ向かってくる。

決して怠けていたわけではない、それでも眠気を露《あら》わにしないように努力するべきだったろうかと、緊張で表情が強張《こわば》る。

「す、すみません、少し気が抜けてしまったのかも。気を付けます」

私の言葉には反応せず、リタチスタさんは私の隣に立った。

「大丈夫だね？」

確かめるように両肩をガッと掴《つか》む。その顔は真剣そのもの。

「はっはい！　大丈夫です！」

リタチスタさんはニコリと笑って、スッと肩から手を離す。

「いい返事だね、引き続き頼むよ！」

と言いながら、私の背中を手のひらで強めに二度叩《たた》いた。

叩かれた背中が痛いわけではなかった。けれど少しばかり残っていた眠気が飛び、自然と背筋が伸びた。

どっちみち、目の前の作業台に次から次へと流れてくる材料を立ったまま処理しているのだから、眠気に負ければ床に頭を打ちつけることになる。

深呼吸して、もう一度集中し直す。

「生成」

倉庫に到着したのは、本来なら夕飯でも食べてのんびりしている頃。そこから体感で言えば五時間から六時間ほど、ひたすらハイポーションを作り続けていた。

最初こそ珍しそうにこちらの様子を窺《うかが》っていた周りの人たちだが、次第に慣れた光景になったようで、忙しそうに出来上がったハイポーションを次々に木箱へ詰めては倉庫の外へ運び出している。

ポーションばかりではない。他にもそれぞれ役目を担った大勢の人たちが多くの荷物を運び出している。

出入口から窺える外は暗く、けれど当然ながらいつもの街の静けさはない。

広く見渡せるわけではないけれど、本来なら街は消灯した民家ばかりで寝静まっている時間帯なのだ。不用意に外に出る人だっていない。なのに妙にざわつき、不自然に明るい街から不安と焦りが伝わってくるようだった。

リタチスタさんは倉庫内で私の様子を見たり、訪れる荷運びの人とは違う人たちと何事か話し合ったり。

一方で、いつの間にかいなくなったと思っていたバロウが戻って来て、リタチスタさんと情報をやり取りしているようだった。

倉庫内は喧《やかま》しいうえ、二人から離れた場所にいるので何を話しているかは分からないけれど、ずいぶん深刻そうだ。

ちょうど会話をしている二人が揃《そろ》って頷《うなず》き、話に区切りがついたらしい。リタチスタさんとバロウが私の前にやって来た。

「カエデ、少し話が」

リタチスタさんの声色から、大切な用だということが分かった。

「ポーションを作りながらでも大丈夫ですか？」

「いや、一度手を止めてもらってもいいかな」

次にバロウが口を開いた。

そしてバロウが、なぜ今自分がここへ来て、リタチスタさんに何を伝えたか、説明を始めた。

「ポーションは森から少し離れた、『補給所』みたいなところへ運んでたんだけど、途中でポーションを積んだ馬車が一台、魔物に襲われてね。せっかく作ってもらったのに、その分はダメになってしまった。だから王都から出てポーションを作ってほしいんだ」

「は、え？　出る？」

どうして？　と私は首を傾げた。

戦う相手であるドラゴンは巨大で、戦いに赴く誰もがポーションを持っていくそうだが、全員が全員、自分で傷を癒やせるとは限らないし、周りの仲間たちが必ずしも助けてくれる状況にあるとも限らない。もしくは手持ちのポーションを使い切る可能性もある。

そうなった時、回復に時間を要する怪我《けが》人を収容したり、補給の物資を保管したりする場所が必要となる。

それがバロウの言う、『補給所』だそうだ。

「本当なら多くの魔法兵が守る街の中の方が安全なんだろうけど、外は今、燃えた森から逃げ出した生き物や騒ぎで集まった魔物が大量に徘徊《はいかい》してるんだよ。王都の門は開けたままにできないし、開け閉めを繰り返す回数だってできる限り抑えないと危険が伴う」

森の生き物というものに魔物が含まれているのは分かる。そして人に危害を加える野生動物が、王都に入り込むのは絶対に防がなくてはならない。

だからこそ、ドラゴンの脅威を退けるための兵士として戦いに出た者は、門を開く回数を一回でも減らすために、たとえ手足を失ったとしても、治療のためすぐに王都へ担ぎ込むことは難しいのだという。

そして、補給物資を街から持ち出すことも難しい。

「だから王都の外で、なおかつ森からも少し距離をとった場所に魔法兵を配置した補給所が必要で、カエデさんにはそこでポーション作りを再開してほしい」

「でも、ここで作った物を運ぶことと、その補給所で作ることに、何か違いがあるんですか？　ポーションの材料だって結局はこの倉庫から運ばなきゃならないんですよね？」

「それが魔物ってのが、人の気配を感じ取ったからか王都の周りに集中して徘徊してるんだ。ポーションを大量に運ぶとなると慎重にならざるを得ないし、重量もあるから速度が出せないけど、アオギリ草だけ運ぶなら馬車も速度を出せるからね。で、王都から離れて魔物の密度も少ない補給所近くの川で清水も調達できるってわけ」

「なるほど……」

それなら確かに、現場でポーションを作る方がいいのかもしれない。

「それで、実は正直この場所にいるほど安全の保障はない」

ズバリ言い切ったリタチスタさんの言葉に慌てたように、バロウがすぐさま続ける。

「ふ、不安をあおるような言い方をしてすまない。補給所にも、魔法壁を作る魔法兵や戦力も申し分ない兵士がいるし、大丈夫だよ」

私を安心させようと苦心しているのを感じた。

「補給所に行ってからは、さっきまでみたいにリタチスタさんが近くにいてくれるのは難しくなりますか？」

眠気に襲われた時に気にかけたり、励ましてくれたりしていたのはリタチスタさんだ。さきほど背中を強く叩《たた》かれたのだって、気合を入れ直す一発だった。痛みに頼った打撃ではなく、ああいうのが活を入れるってやつじゃないだろうか。

ずっと私にかまけていたのではない。他にもやることがたくさんある中で私を気遣ってくれていた。だからこそ、王都から離れた補給所となると、リタチスタさんは自分の役目のために一緒に行くことができないのではと思って聞いたのだった。

案の定、リタチスタさんもバロウも一瞬言葉に詰まった。

「確かにカエデの言う通り、補給所でまで私が一緒にいるのは、……難しいね。なにぶん、こちらも準備がある」

二人は私を、私の了承なしにドラゴンハンターの一員としてここに連れて来たため、緊急だったとはいえ後ろめたい気持ちがあるのだろうか。

「いえ！　それならいいんです。リタチスタさんやバロウの邪魔をするわけにはいきませんから」

「んん……」

口元に手を当てるようにしてリタチスタさんが考え込むので、私のことを負担に考えないでほしいと再度伝える。

ただ、安全とは言えない場所へ行くのだから、甘えたことを言うと思わないでほしいのだが、知り合いがいない場所へ一人で向かうのは心細い、というか不安だ。

私の顔に不安が出ていたのか、それなら、とリタチスタさんが提案したのは、カルデノとカスミを同行させることだった。

「いいんですか？」

私が今ここでポーションを作っているのはドラゴンハンターとしてであって、カルデノやカスミと共に行動することはないと思っていたため、喜びを露《あら》わにすると、二人は少し笑った。

「そうだね、補給所なら大丈夫だよ。私から話を通しておくから、補給所へ向かう道すがら資料庫に寄って二人を拾えばいい」

「はい！」

リタチスタさんに荷物を纏《まと》めるようにと言われたが、私はココルカバンを肩にかけるだけ。

あとは大人数を想定した幌《ほろ》付きの大きな馬車の中に、上から下までぎっちりとアオギリ草の入った袋が積み込まれ、後ろに大人が数人、窮屈に一列になって乗り込めるくらいの、ほんの少し残ったスペースに私は座った。

見送りのためにリタチスタさんとバロウが駆け寄って来た。

「兵士たちは夜明けと同時に出動する。それまであと四時間か五時間、移動時間を引けばもっと少ない。だからその間、失った分のポーションを取り戻す勢いで頼むよ」

「任せてください。私にできる限りの努力をします」

リタチスタさんは満足げに頷《うなず》いた。

「じゃあカエデ、ここからは別行動だ、しっかりね」

「無事にまた会おう」

「はい」

二人としばしの別れの挨拶《あいさつ》を交わすと、馬車はすぐに動き出した。

少しの間手を振ってみると、振り返してくれた。

二人の姿が見えなくなり、立ちっぱなしで凝り固まったふくらはぎを揉《も》んでほぐしながら時間を潰していると、リタチスタさんの言っていた通り馬車は資料庫の前に停まる。

御者にできるだけ早く準備をしてほしいと言われたので、私は資料庫の敷地を突っ走り、体当たりするように扉を開いた。

「すみません！」

飛び込んだ先で、肩にカスミを乗せたカルデノが、驚いたようにこちらを見ていた。

「カエデ、もう終わったのか？」

足音か、あるいは他の要因で私が来たのだと気づいていたのだろうか。とにかく好都合で、すぐさま王都の外へ出る事情を説明した。

「そうか、ならすぐに準備を……」

「王都から出るって、『東の森』に行くってこと⁉　なら俺も連れて行ってよ！」

そう言いながら後藤さんがカルデノの後ろから姿を現し、実体があったなら私に掴《つか》みかかっていたであろう勢いで迫って来た。

「ダメだ。お前は連れて行かない」

カルデノがきっぱりと断ると、納得できない後藤さんは次に、訴えの矛先をカルデノに向けた。

「どうして！　だってラティがどうしてるかも分からないのに、俺だけここに残ってろって、そんなのないだろ！」

　騒ぎを聞きつけたらしく、奥の部屋からシズニさんとギロさんが何事かと駆けつける。私は死霊である後藤さんの存在を二人に知られることに、あっと思ったけれど、死霊である後藤さんを目の前にして驚いた様子はない。カルデノが後藤さんに言う。

「行って何ができる。お前は何かに触ることもできないし、周りを混乱させる存在だって自覚はないのか？」

「そんなん知らないよ！　でもラティがどうしてるか分からないのに、ただここで待ってるってのが我慢ならなくて……」

「なら、ここで待ってた方がいい」

　後藤さんの気持ちはここにいる誰もが、痛いほど理解できていた。

　実体がないため、ラティさんが心配でも駆けつけることもできない。

「あ、あの、私たちは東の森の中へ行くわけじゃないですし、ラティさんを探せるわけでもないので……」

　後藤さんは言葉を詰まらせ、その場で泣き崩れた。

　カルデノはそんな後藤さんの横を通り過ぎて、シズニさんに後藤さんの骨を手渡したようだった。

「荷物が研究室にあるんだ。少し待っててくれ」

「う、うん」

カルデノは大股でズンズンと二階の研究室に行く。

残ったのは今も悲痛にすすり泣く後藤さんと、なんと声をかけていいか戸惑う私たちだけ。正直なところ、かける言葉は見つからない。

「あ、あの私、外で待って……ます」

だから、逃げてしまった。

床にうずくまって丸まった後藤さんの背中を、見ていられなかったということもある。

ラティさんなら大丈夫ですよ、なんて軽々しく言えない状況だし、助け出してきますとも言えない。

私はなるべく静かに外へ出て、扉をそっと閉じた。ほどなくしてカルデノと一緒に、カスミが出て来た。

「カエデ」

「あ、準備いいかな」

「ん。私はいいんだ。けどカスミはここに残るそうだ」

「そうなの？」

カスミに目を向けると、深刻そうな表情でコクンと頷《うなず》いた。

「ゴトー、つらそう」

そう言って、資料庫を振り返る。

「ひとりで、つらそうだから、わたしちょっと、一緒にいてあげたい」

「そっか」

後藤さんはラティさんのことが心配で、きっと今も頭がいっぱいだ。カスミはそんな後藤さんが気がかりなのだそうで、私とカルデノだけが補給所に向かうことになった。

「じゃあカスミ、後藤さんをよろしくね」

「カエデ、カルデノ、気を付けてね」

「うん」

「行って来る」

カスミに別れを告げて、私たちは荷物でいっぱいの馬車の狭い荷台に一緒に乗り込む。すぐに動き出した馬車の中で、後藤さんについて少し話をした。

「シズニさんとギロさんに、後藤さんのことを伝えたんだね」

「ああ、最初は研究室でおとなしくしていたが、外へ出ようとする姿を見られてな。バロウたちの指示で東の森から死霊を連れて来たってことだけ説明したんだ」

「それでよく納得してもらえたね」

私は苦笑いした。

「細かくて面倒な問題は全部、知らない、指示されただけ、後でバロウかリタチスタに聞け、で通したからな」

「そうなんだ……」

後々リタチスタさんとバロウにふりかかる面倒に目を瞑《つぶ》れば、いい回答をしたと思う。

馬車は王都から出るため、門に到着した。

門は閉じられていて、付近には何台もの大小さまざまな馬車やら武装して馬に乗った兵士など、多くの人が集まっていた。

「……外、どうなってるんだろう」

幌《ほろ》から顔を覗《のぞ》かせるように辺りの様子を窺《うかが》い、壁の向こうの空に目を向ける。

暗くてよく見えなかったけれど、月明かりでぼんやりとしか見えない空に鳥の影のようなものが、賑《にぎ》やかな朝のカラスのようにいくつも飛び交っていた。

今までに見たことのないそんな空が、不気味で怖かった。

「門が開いた。出るようだな」

カルデノも同じく幌から顔を覗かせてそう言った。

第一章　夜明け

門から離れ始め、幌《ほろ》から見える景色が広がる。

暗い空には新たな巣を求める如く、大量の鳥が飛び交っていた。

地上にも、大小さまざまな狼《おおかみ》や見たことのない巨大な虫やトカゲや猪《いのしし》などの大量の生き物が走り回り、後ろに続く馬車や兵士を襲おうと飛びかかっては、矢で射貫《いぬ》かれたり剣の魔法でなぎ払われて、地面に転がっていった。

とても、現実に起こっていることとは思えなかった。

体はこの異様な光景を理解して血の気が引いているのに、頭では情報を処理できず、私はポカンと間抜けな顔をしていた。

しかしそれも、私たちの乗る馬車のすぐ隣で、ドンッと大きな音が響くまでだった。

「ひっ！」

その瞬間、心臓が役目を思い出したみたいに強く鼓動し始めた。

「な、なんなのこれ……っ」

リタチスタさんたちから外の状況は聞いていたものの、いざ目《ま》の当《あ》たりにすると、想像とは全く違っていた。

それに幌で覆われた馬車に乗る私たちの視野は極端に狭く、見えない場所で鳴り響く音や異様な気配への恐怖は、今まで感じたことがないほど。

「落ち着け、大丈夫だ。カエデ大丈夫」

カルデノは冷静に、私の肩を抱くようにして床へしっかりと座らせた。なぜそうも冷静でいられるのかと考える余裕もなく、私はカルデノにしがみついた。

「門が開く前に見た限りだと、この馬車にも護衛が付いていた。大丈夫だ。今の音もただ魔物を退けただけだろう」

大丈夫だと、カルデノは何度も何度も繰り返して私に言い聞かせた。

そうしている間に、後ろを走る馬車のうちの一台が、上空から急降下してきた巨大な鳥の太い足で押しつぶされそうになるのを見てしまい、一瞬息が止まった。

幸い、幌をむしられるだけにとどまり、巨大な鳥は魔法で攻撃されて地面に落ちたが、本当にいつ人の命が消えるか分からない状況だ。

「ど、どうしよう。怖い、すごく怖い……」

「大丈夫だ。安心しろ」

また、大丈夫と繰り返され、私は徐々に落ち着きを取り戻した。

ふと気づいたのは、何気なく目に入ったカルデノの横顔だった。

カルデノは私と同じく幌《ほろ》の外に目を向けていた。ピンと耳を立て、硬い表情と見開かれた目の忙《せわ》しない動きで、カルデノも恐怖を感じているのだと悟った。

きっと誰もが恐怖を感じている。それでもまず私を落ち着かせようと、混乱させないようにと、気にかけてくれているのだ。

ぐっと拳を握る。

「カルデノありがとう。少し落ち着いた」

名前を呼ぶと、ハッとしたように私に目を向ける。

「そうか、良かった」

私を安心させるために見せた笑顔も、少し硬い。

「ここに集まってる、というか森から逃げて来た生き物は全部が魔物なのかな」

私が聞くと、一つ呼吸を置いてカルデノは口を開いた。

「どうだろうな。恐らく馬車すべてに魔除《まよ》けが使われていると思うが、それでも馬車を破壊する勢いで攻撃をしてきたところを見るに、魔物ではない野生動物も紛れ込んでいるんだろう。それにこの数」

カルデノは空を見上げた。

「魔物にしろただの野生動物にしろ、どこかから集まって来たとしか思えない。魔物は騒ぎを聞きつけて集まる習性でもあるのか……？」

体が大きいのが魔物で、野生動物は常識の範囲内の大きさであるというのは単なる私の先入観だったのか、先ほどの巨大な鳥も馬車の魔除けをものともせず襲いかかってきた。魔力に影響を受けて大きくなる動物は当然いるとして、それとは別に、元から体の大きい、私の知らない生き物もいるのだろう。

「今向かってる補給所は、安全が保たれているのかどうか」

カルデノがこぼすように呟《つぶや》いた。補給所は馬車ならすぐ到着するほど、東の森に近い。

「確か補給所にも、魔法壁を作る魔法兵や戦力も申し分ない兵士がいるから大丈夫って、それにこんなに魔物が集中してるのは王都の近くだけだってバロウが言ってた。きっと補給所に到着さえしたら安全だよ」

「ああ、そうだな」

私たちの期待通り、到着した補給所は周囲を魔物がうろついているものの、王都の近くと比べれば些細《ささい》な数だった。

補給所は数百メートル四方の広さで、その中にいくつもテントが設営されている。土地を四角く分けるように張られたロープの近くには布に包まれた魔除けがあり、そこから中には、野生動物ですら一匹も入り込んではいなかった。

補給所の中へ馬車が次々に入り込むと、途端に魔物から襲われることはなくなり、ロープを繋《つな》ぐ支柱の役割もあるのか、等間隔で立つやぐらの上の弓兵や魔法兵と思《おぼ》しき兵士たちが、ロープの内側へ侵入しようとする動物を狙い撃つ。

馬車を降りると、東の森で巨大なドラゴンが燃え上がる炎の中で、空へ首を伸ばしているのが暗くても分かった。わずらわしい何かを振り払うように頭をブンブンと何度か振っては、気まぐれにしっぽを振り回して地面ごと木々を巻き上げ、ズン、と振動がこちらにまで伝わってきた。

まるでこの世の終わりを、遠くから眺めている気分だった。

ああして暴れるから周りの木々が倒れ、巨大なドラゴンは余計に大きく見えた。

私がぼーっとしているように見えたのだろう、兵士の一人が話しかけてきた。

「君、御者でもないのにそんな丸腰……」

と言いかけ、さらに上から下までジロジロ見られ、カルデノの顔も確認するみたいに凝視し、首を傾げられた。

「もしかすると、ポーション作成を任されているカエデさんですか？」

事前に連絡を受けていたのか、頷《うなず》くとすぐさま補給所の一角へ案内された。

倉庫にあったような大きな作業台と、準備された清水、運び込まれて山積みされていくアオギリ草。

私はすぐにポーションを作り始めた。

倉庫のときと同じように、作った端からドンドン回収され、新たに材料が作業台の上に運び込まれる。

カルデノはジッと、ことの成り行きを危惧《きぐ》するような眼差《まなざ》しで瞬《またた》きもせず、遠くにそびえるようなドラゴンを凝視していた。

「カルデノ、どうしたの？」

材料を運ぶ人手が倉庫より少ないこともあって、作業台の上の材料がちょうど途切れたタイミングで、カルデノへ声をかけた。

「あのドラゴンがこちらへ来るのではと見ていたんだ。襲われては元も子もないこんな場所に補給所があるのも、少し不安に思えてな」

カルデノから、明らかな恐怖が読み取れるのはとても珍しいことだった。

「それは、確かにどうなんだろうね」

王都の中にいた時は高い壁があって、肉眼でドラゴンを確認することなんてできなかった。このときようやく、安全の保障はできないと言ったリタチスタさんの言葉が現実味を帯びる。

清水やアオギリ草の次の準備が整ったらしく、カルデノとの会話がここで途切れた。

時折視界の端で、チカチカと何かが光っているのに気付いて顔を上げてみる。

当然、私がポーションを生成した時に発せられる光ではない。もっと遠くで、それこそドラゴンがいる東の森の上空で光ったように感じた。

それは断続的に落ちる雷のようだった。

月明かりの中のドラゴンは雷を気にしてか、完全に王都へ背を向けていて、私はようやく、発生している雷は魔法によるもので、ドラゴンの注意を引くためなのだと理解した。

リタチスタさんは、今回は十年前とは違うと言っていた。私がポーションを作って、アイスさんは魔力ポーションを作って、王都は魔法兵が守っているからと。

それでもあの巨大なドラゴンを相手に準備もなく挑むことはしない。

東の森への出兵は夜明けだとリタチスタさんは言っていたが、なぜすぐ近くに危険な存在を放置しておけるのかと懐疑の念を抱いていたのではと思う。

夜明けまでできる限りの準備を整え、一気に決着を付けるために、今この時間がどうしても必要なのだ。そして決して多くない人たちが必死に出兵の時までドラゴンに立ち向かい、時間を稼いでいる。

「カエデ、手が止まってる」

カルデノに言われ、いつの間にドラゴンを注視していたのか、ハッとして作業台の上に意識を戻した。

兵士たちが出発する夜明けまであまり時間はない。それまでに誰もが納得できる量のポーションを作るのが私の仕事だ。

「生成」

何度も、何度も、何度も、ただひたすらポーションを作り続けた。

次第に遠くの空の夜の色が薄まりつつあることに気付く。夜明けが近い。

目標としていた時間が近づいたことが嬉《うれ》しくてホッと胸を撫《な》で下《お》ろした瞬間、誰かの悲鳴が辺りに響いた。

それと同時に、左側のやぐらの一つが、砲弾でも受けたみたいに破壊された。

「なっ、なに⁉」

やぐらを倒したのは、大きな爪鳥《そうちょう》だった。頭を矢が貫通していて、その勢いのままやぐらに突撃して壊したのだろう。

破壊されたやぐらの下から、助けを求める兵の声がした。作り置きのいくつかのポーションが持ち出されたので、きっと下敷きになってしまった兵は救出されてポーションを与えられて怪我《けが》も治るだろう。その場にいた誰もがそう思ったはずだ。

「あ、ああ！」

やぐらの近くにいた別の兵士が何かを見て叫んだ。

「全員避難を！　魔除《まよ》けが壊れ……！」

声は最後まで続かなかった。待っていたと言わんばかりに突っ込んできた巨大トカゲが、避難を促していた兵士を頭から丸のみにした。

私はカルデノの背中に庇《かば》われていて、その様子を直接見たわけじゃなかったけれど、でも、それくらいのことは分かった。

補給所で待機していた御者や荷運び人たちの悲鳴が上がった。

「慌てないで！　こちらへ！　こちらへ！」

大トカゲは兵士に口元を切り払われ、魔法兵の炎に怯《ひる》んで、逃げるために後ろへ下がった。その隙に兵士たちはみなが冷静になって壊れたやぐら部分と襲ってきたトカゲを切り離すことができるように、魔除《まよ》けの配置を変えた。その結果ほんの少し狭くなったけれど補給所はまた安全に保たれた。

「ど、どぉすんだよぉ」

私の近くにいた男性が、食われた兵士のいた場所から目が離せないまま、恐怖に震えるか細い声で呟《つぶや》いたのが辛《かろ》うじて聞こえた。カルデノにも聞こえたらしく、訝《いぶか》しげな表情を見せた。

次は自分の番だ、自分が食われる、そんなことを叫んだ一人の男性が、ポーションを積んでいる最中だった馬車の御者台に乗り込んだ。

「待て！　何をしてる！」

パニックを起こしたその男性を兵士が引き留めようとしたが、繋《つな》がれた馬の手綱が強く波打った。兵士が御者台に乗り込むも、指示を受けた馬はすでに走り出していて、兵士と男性が揉《も》めているうちに、張られたロープを引きちぎるようにして補給所から遠ざかる。

恐らく王都へ逃げ帰ろうとしたのだろう。

騒然とした空気の中、目に入ったのは、壊れて布の隙間からこぼれた魔除けの破片と、ちぎれたロープ。

まずい、と誰かが叫んだ。

同時に、馬車が突っ切った場所から流れ込むように魔物が群れになって侵入して来た。

王都の周りに比べたら圧倒的に少ない数だけれど、集まれば脅威だ。

兵士たちが前に出て、戦えない私たちは補給所の中央に集められた。中央には魔法兵が作った四方を囲う魔法壁や魔除けもあり、流れ込んできた魔物たちは次々に殺され、あっという間に事態は収束するかに思えた。

視界の端で、ロープの繋ぎ直しと魔除けの設置をやり直していた兵士が何かに吹き飛ばされた。
ゲ、ゲ、と大トカゲは不気味な鳴き声を発しながら、ギョロギョロと何かを探すように目玉を動かしていた。
「あれは、さっきのトカゲか……？」

カルデノが独り言のように呟いた。

見た目はよく似ていたけれど、人の二倍ほどの大きさのそのトカゲは、先ほどよりもさらに大きくなっているように見えた。それでも同一個体だと認識したのは、さっき追い払われた時と同じ切り傷が口元にあったからだった。

けれど、その傷も塞がりかかっている。血が飛び散るほどの大きな傷が、こんな短時間でなぜ。

ギョロギョロ動いていた目が、一点に止まる。

トカゲの視線が一番近い兵士に向いたかと思うと、巨体からは想像もできない、まるで弾《はじ》かれたボールのような素早さで地面を蹴り、頭に食いつきながら地面に引き倒すと、そのままあっという間に丸のみした。

兵士たちは前に出て私たちを守る動きを見せるが、ますます大きくなったトカゲは、放たれた矢を硬い皮膚が弾き、繰り出されるどの魔法の攻撃にも一瞬動きを止めるだけ。

人食いの化け物が補給所の中を暴れ回る恐怖に耐えられず、悲鳴を上げるのは私だけではない。

カルデノが私の手を引いて少しでも安全な場所を求めて走り回るも、不安に顔を歪《ゆが》めた兵士にかろうじて守られるだけだ。

何せこのトカゲから離れるために補給所の外へ逃げたとしても、次に待っているのはまた別の魔物。

「ど、どうなってるんだ！　どうして魔除《まよ》けを突破して来た⁉」

私たちを庇《かば》う兵士が、近くの魔法兵に怒鳴りつけるように問う。

「あれは魔物じゃないから魔除けは意味ないんだよ！　でも、だからってこの国に生息するはずもない生き物なのに……！」

怒鳴り合いのような会話から掴《つか》めた情報は、あのトカゲは食料から得た栄養で異常な早さで成長するうえ、自己再生能力まで有すること。それと、魔物ではないため、魔法壁を頼りにしてここを守りつつ押し出すか、王都から出動してくる他の兵士を待つしかない。

魔法兵は、やぐらの上で補給所全体を守る人員とその交代要員、弓矢に代わる長距離攻撃魔法が使える数人しか数がいないため、余裕がない。

それに記憶が確かなら、さっきもまたトカゲに食べられたのが魔法兵だったため、一人減っているはず。

王都から兵士たちが出動するまでそう時間はない。こんな状況では気休めにすぎないかもしれないが、夜明けはもうすぐなのだ。

トカゲはまたも辺りに目を巡らせ、こちらへ狙いを定めてきた。

「まずいこっちに来る！」

魔法兵が大きく一歩前に踏み出して、後ろの私たちを守る態勢に入ったが、それを見越したように目の前まで迫ったトカゲは勢いのまま突っ込んだりせず、大きなしっぽで地面の土を抉《えぐ》って巻き上げた。

宙に舞う大量の土埃《つちぼこり》は単に目くらましになるだけでなく、目に入って視界を奪う。

とっさに目を閉じたが遅く、私は痛みで目を開けられなかった。

「カエデ！」

カルデノの声とともにドンッと強く肩を押され、私は大きく後ろに倒れ込んだ。

「うっ、いた……」

ボロボロと涙が出て止まらない目を強く擦《こす》って、なんとか目を開ける。

「あ……っ！」

私は口を覆った。

カルデノは、防御する左腕をトカゲに深く噛《か》まれていた。

肘《ひじ》から下が、大きな口の中にくわえ込まれ、ノコギリのように鋭い、いくつもの牙がカルデノの皮膚に食い込んでいる。

苦痛に歪《ゆが》むカルデノの表情と額に滲《にじ》む脂汗。

カルデノは大した抵抗もできず、弄《もてあそ》ばれるようにブンブンと左右に振り回され、息の詰まるようなうめき声とともに投げ飛ばされる。

「カルデノ！」

私はすぐに地面に仰向《あおむ》けに倒れたカルデノに駆け寄り、体を助け起こした。

どうやらカルデノはトカゲの口の中にナイフを突き刺したらしく、血だらけで凶暴な牙の生える下顎に、カルデノの大振りのナイフが刺さっているのが見えた。

トカゲにとっては致命傷ではないだろうが、さすがにカルデノを食うことができないほどの痛みに喘《あえ》ぎ、足を止めていた。

前足を使ってナイフを抜こうとしているので、今のうちに、と距離を取ろうとしたが、トカゲの回復力は無情なほど早かった。

誰の援護も間に合わない。トカゲは完全にカルデノを狙っていた。投げ飛ばされた先には誰もいない。誰も助けてくれない。動きが鈍ったカルデノも、カルデノを抱えることすらできない私も逃げられない。

殺されてしまう。何の武器も持たず何の考えもなかったけれど、私はカルデノの手を引いて走った。

でも当然私の足がトカゲより速いわけなどなく、トカゲはあの弾《はず》むような素早い動きでこちらへ突進して来た。

次の瞬間、地響きが起こるほどの勢いで降って来た何かが、トカゲを地面にめり込ませながら潰した。

「え……」

それはやぐらより高く、トカゲの胴体より太い巨木だった。どこかで調達されてきたばかりのように青々とした葉がついたままで、へし折られた先端は鋭い。

「胸騒ぎがして一足先に来てみれば……」

いつの間に着いたのか、真後ろから聞きなれたリタチスタさんの声がした。

ふうーっ、と自分自身を落ち着かせるかのような深呼吸。一文字に結ばれた口。大きく見開かれた目が、押しつぶしたトカゲに向けられている。

「コイツはすぐに燃やす。カルデノを遠ざけて、他の者も距離を取れ！」

どうしてリタチスタさんがここにいるのか考える間もなく、私はカルデノの手を引いたまま、トカゲから十分な距離を取らなければ、と走るために足を踏み出した。

でもカルデノは動かず、疲れ果てたように膝をついて地面に座り込む。

「カルデノ！　カルデノ、う、腕は⁉」

心配するのは腕ばかりでなく体そのものだけれど、あんなに深々と牙の食い込んでいた腕が一番重傷だと思ったのだ。

カルデノの下に、血だまりができていた。

「か、カルデ……」

ぱたり。力が抜けたように、地面にカルデノが倒れ込んだ。

左腕を抱えるように体を横倒しにして、喉の奥から絞り出すようなうめき声を上げる。

「腕を怪我《けが》してるんだよね⁉　見せて、すぐにポーションを……」

少々強引に左腕を露出させるように引っ張ると、私の口からヒッと引きつった悲鳴が出た。

「何してるんだ二人とも、早く離れて！」

いつまでも動かない私たちに痺《しび》れを切らしたリタチスタさんが、大股でズンズンとこちらへ近寄って来た。そしてカルデノの腕を覗《のぞ》き見ると、息を飲むのが分かった。

「……腕、食われたのか」

リタチスタさんが戸惑ったのは一瞬で、すぐにカルデノに手を貸してトカゲから距離を取った場所へ座らせると、カルデノの腰からベルトを抜き取って私に手渡した。

「それで止血してからポーションを準備した方がいい。すまないけど私はあのトカゲを燃やさなきゃならない」

「あ……」

私の返事を待つ間もなくリタチスタさんはトカゲの方へ戻った。するとすぐに魔法でトカゲを燃やすための大きな火柱が上がった。

とにかく指示通り血だらけのカルデノの隣にしゃがみ込んで腕をベルトでキツく縛り、ポーションを纏《まと》めて置いてある場所まで取りに行かなければと立ち上がった瞬間、このまま治しても、カルデノの腕はなくなったままだと思うと足が動かなくなった。

カルデノは腕の痛みに苦しんでいる。

本当ならすぐにでも傷を治して、失血や感染の危険をなくさないといけない。

それでも私は頭の片隅に、腕を取り戻す可能性を見出《みいだ》していた。

「カルデノ、痛いよね、ごめん」

私は今にも泣き出しそうだった。泣きたいのはカルデノ本人だろうに、そんなこと分かっていても、今から私が言わんとすることと自分の無力さが恨めしくて、やっぱり視界が涙で滲《にじ》んでしまう。

「カエデが謝る必要、ない」

カルデノは痛みに喘《あえ》ぎ荒い呼吸をしつつ、けれどしっかりと私の目を見て言う。

「腕をまさか、失うなんて夢にも思ったこと、……っ、なかったな」

「このまま、傷を治さないで我慢すること、できないかな」

「はっ?」

カルデノは信じられないものを見る目で私を見上げている。当然だ、この痛い状態をそのまま長く続けろなんて言われているんだから。

「マキシマムポーションって物がレシピ本には載ってて、それが失った手足を生やすこともできるんだって聞いたことがあるの。でも材料が簡単に手に入れられるものじゃなくて、天龍草《てんりゅうそう》と妖精の水が必要で、だから王都に戻りさえしたらカルデノの腕を再生できるんじゃないかって、でもそれだとカルデノが痛いままで辛《つら》いから、私は腕を取り戻してほしいけど、だから、ええと……っ」

頭に浮かんでいることを言葉にして伝えるだけのはずが、言葉として纏められなくて、ついに情けなく焦りが出る。

なくなった腕の痛みを想像したのはもちろんだけれど、カルデノは私を庇《かば》ってくれたのに、私はこんなに焦ってばかり。ただ、ただ、自分が情けなく思えた。

「なんだ」

カルデノは先ほどと打って変わって、こんな時だというのに脂汗を滲《にじ》ませながらも、ぎこちない笑顔を見せた。

「腕を取り戻せるなら、今痛くたって耐えられる。腕がなきゃカエデを抱えて走ることもできないからな」

カルデノは私の提案を受け入れた。

燃えているトカゲがまた動き出しはしないかと見張るリタチスタさんに、私は全速力で駆け寄った。

「リタチスタさん！」

「ああ、カエデ。カルデノの怪我《けが》は？」

当然、リタチスタさんも腕を失ったことは仕方ないとして、もうすでにポーションで治していると思っていたらしく、チラと見たカルデノの腕がまだ止血以外の処置をされていないことが疑問だったようで、訝《いぶか》しげに首を傾げる。

「カルデノの腕はマキシマムポーションで取り戻すと、今カルデノと決めました」

「ああ、それなら確かに腕は生えるだろうね。けどどこで手に入れるつもりだい？　作るにしてもここに材料はないよ」

「王都なら材料があるはずなんです」

リタチスタさんの表情は険しかった。それで私は察した。すぐに王都へ戻ることは難しいのだと。

「カエデ、君はここに危険があることを承知してポーションを作りに来た。王都を出発した兵士たちと共に、新たに材料も運ばれてくる」

「で、でも何とかなりませんか。カルデノが……」

「ならない」

心を一刀両断するような一言だった。

それ以上何も言えなくて、それでもどうにかしたい一心でリタチスタさんの前から動かなかった。

「カルデノだけ先に王都に戻すとか」

「カルデノ一人のために馬車は動かせないよ」

「わ、私のわがままなのは分かってるんです。でも、何か手はありませんか……」

大きなため息と共にリタチスタさんが頭をかいた。

「ポーションを作る材料も無限じゃない。カエデが自分の仕事を終えてここにいる必要がなくなったんなら、王都へ戻るのもありだね」

「本当ですか⁉」

私はバッと顔を上げた。

てっきりこちらを見ているものだと思っていたが、リタチスタさんは辺りを気にするように、目だけで様子を窺《うかが》っていた。

「そのポーション、まとまった数を作ることはできる？」

そう問う声は、先ほどと比べてずっと小さかった。

「い、いえ。天龍草《てんりゅうそう》は王都で探さなきゃならないし、妖精の水も以前ラティさんに貰《もら》ったわずかな分しかありません」

「なら本当にカルデノ一人分ってところか……」

まだ自分の考えに納得できていないようで、少し眉間《みけん》に皺《しわ》が寄っているのが見えたけれど、分かった、とリタチスタさんは頷《うなず》いた。

「カエデが仕事を終えたら、それがいつであっても王都へカルデノと一緒に帰らせるように兵士たちに伝えておく。戦えない者をずっといさせるのも危険だからね」

「あ、ありがとうございま……」

ただ、と私は言葉を遮《さえぎ》られ、リタチスタさんは少しだけ耳に口を寄せてきた。

「マキシマムポーションのことは隠しておいた方がいい。カルデノが大切なら面倒の種は撒《ま》いちゃいけないよ」

「は、はい。はい……」

リタチスタさんとの会話に区切りが付いたとき、ちょうど王都を出立した第一陣の馬車と兵士たちが到着。兵士の一人へ一言二言告げながら私を指さして、リタチスタさんはそれと入れ替わるように補給所から出て行った。

ハイポーションを作るためのアオギリ草が馬車から続々と降ろされ、作業台付近の人たちが私を探しているようだった。

「カルデノ」

でもそれより先にカルデノのところへ駆け寄る。

カルデノは顔色も悪くふらついているのに私たちの様子を窺っていたようで、一人で立ち上がった。私は支えるためすぐに隣に付いた。

「今すぐ王都に戻るのは難しいみたい」

「ああ」

「でも、ポーションを作り切ったらすぐに王都へ帰れるようにしておくってリタチスタさんが言ってくれたの。私できる限り頑張るから、カルデノは休んでて」

カルデノをどこで休ませるべきなのかと視線をさまよわせていると、怪我《けが》に気付いた兵士がすぐにテントへ案内してくれて、いろいろと世話をしてくれるようだ。それを見届けてから私は作業に戻ることにした。

人が増えてから、まるでここを狙うようにうろついていた魔物たちの駆除が始まって、破損個所を繕うどころか元通りになった。

人手が増えたことでポーションを作る作業にわずかな隙間もなくなり、私は倉庫でそうしていたように、ただひたすらポーションを作り続けた。

作っては馬車の中へ運び入れる作業を何度繰り返しただろう、リタチスタさんがここを去って三十分ほど経《た》った頃、突然ドオン！　と、空全体を揺るがすような音が響き、同時に大きく地面が揺れた。

短く、けれど大きな確かな揺れに驚き、咄嗟《とっさ》に顔を上げて原因であろうドラゴンの姿を確認した。

大きく舞い上がった土埃《つちぼこり》の中、ドラゴンが力を失ったように、ゆっくりと倒れていく。

「も、もう倒したのか⁉」

誰かが歓喜の叫びを上げた。

しかし喜びの感情を裏切るように、倒れそうになっていた巨体が持ち直し、怒り狂ったように暴れ回って炎を噴く。

あの巨体から噴き出される炎の規模はどんなものなのか。巻き添えをくらった人はいないだろうか、知っている人が怪我《けが》をしていないだろうか。そう考えると血の気が引いた。

自分の目では確認できなかったが、きっと強力な魔法の類での一発だったのだろう。そうなると短時間に何発も打ち込むのは難しいはず。いやそれとも魔力ポーションで解消できる問題だろうか。

土埃が収まると、ドラゴンの羽が片方、ズタズタにひしゃげているのが見えた。

その頃から補給所に、怪我人が運ばれてくるようになった。

たった一台に何人もの護衛を付けた馬車がポーションを積んで補給所から出て行くと、決まって重傷を負った人たちばかり連れ帰ってくる。

運ばれて来た人数自体、今のところそこまで多くはない。きっと作ったポーションが惜しみなく使われているおかげだろう。そう思いたい。

私は運ばれて来る人たちの苦しむ様子を見ていることができなかった。またカルデノの様子も気になるうえ補給所全体を見ることも辛《つら》くなり、あの巨大なドラゴンと戦うっていうのはこういうことなんだと、いまさらながら理解した。

ドオン！

また先ほどのような大きな音と揺れ。反射的に顔を上げる。

大がかりな魔法なので次を準備するまで時間がかかるものだと思っていたが、五分と経たず撃ち込まれた。さらにその後も次々とドラゴンを撃つ。

その度にドラゴンは遠くからでも分かるほどの大きな傷が増え、補給所を取り巻く空気が変わりつつあるのが分かる。

「十年前は倒すのに三日かかったと言われてたみたいだけど、今回はそんなにかからないよな、きっと」

「ああ！　リタチスタ様とバロウ様も加わっているんだから間違いないよ！」

近くの兵士たちの会話も、声が弾《はず》んでいた。

こうして二人がいれば、と信じて疑わないほど、二人は特別な存在なのだろう。

私も頑張ろうと気合を入れ直し、新たにポーションを生成した。

「な、なあ、なんかおかしくないか？」

「え、何が？」

またもボソボソとその兵士たちが会話するのが聞こえてくるが、今回は周囲に聞こえてしまうのを恐れているように小さな声だった。

実際、私以外は忙しく走り回っているようだから聞こえていないのだろう。

私は聞こえていないようなそぶりでポーションを作りながら、意識だけはそちらに集中させていた。

「今回の作戦は、ドラゴンを東の森に閉じ込めるように魔法壁を作って、その中に用意してた陣とかってやつの中で大きな魔法を使って一気に叩《たた》くってことらしいんだが……」

私たちが夜間に補給所に来た時、ドラゴンが森からどこかへ逃げていたり、攻め入ったりしてこなかったのは、単に魔法でドラゴンの注意を引いていたからではなかった。

あんな大きな生物をずっと閉じ込めることができていたからだった。

魔法に詳しくない私も、それが簡単にできることとは思わない。あんなに強力な魔法も、着々と準備が進められていたのだ。

どうも順調に事が進んでいるようにしか捉えられないが、それでもヒソヒソと話す兵士の一人は変だと語る。

「あのドラゴン、最初にいた場所から比べると何だろな……、ずいぶんこっちの方に歩いて来てないか？」

まさか、と確認のために顔を上げると同時に、馬を走らせて来た兵士が叫んだ。

「魔法壁が壊された！　ドラゴンがこちらへ向かって来てる！」

補給所の中は一気に慌ただしくなった。

いくら大きくても手負いのドラゴンならば足は遅い。

今からでも王都の中へ逃げ込むのか、それとも他に逃げる先があるのか。何も分からずどう行動していいかも分からない私は、ただ茫然《ぼうぜん》と人の流れを眺めるだけになってしまい、ブンブンと頭を横に振った。

「あの！」

たまたま話しかけたのは、先ほどまで私の近くでヒソヒソと会話をしていた兵士の一人だった。

「これからどうなるんですか？　わ、私どうしたら……」

焦る私は兵士以外の人たちが大勢乗り込んだ馬車へ案内され、促されてすぐに幌《ほろ》付《つ》きの荷台へ乗り込む。

他の馬車には怪我人《けがにん》も大勢乗せられて次々に王都へ向かって走り始めたものの、私はカルデノの姿が見えないことに若干の焦りを感じていた。

カルデノが休んでいたテントに姿はなかった。

ずっと見ていたわけじゃないから、もしかして私がポーションを作っている間にどこかに移動した可能性だってあるけれど、今はちゃんと馬車のどれかに乗り込んでいるはず。

やはり王都近くはまだ魔物が多いため、馬車は全速力では前に進めないようだった。

馬車を守る魔法兵のおかげで傷一つないが、何がきっかけで、攻め入られた時の補給所のように安全ではなくなるか分かったものではない。同じ馬車に乗り込んだ人たちは不安そうだった。

最後に乗り込んだため私は一番後ろに座っていたから、外がよく見えた。

ドラゴンはもう森から平原へ出ていたため、満身創痍《まんしんそうい》であることが分かった。きっともう歩く力だって使い切ってしまうのも時間の問題だろうとそう推測したのは、ドラゴンの体がグラッと大きく揺れたからだった。

力尽きて、二足歩行していた体を横たえたのだと思った。

けれど違った。ドラゴンは四つ足で、まるで本来そうあるものだというかのように地面を揺らしながら王都を狙って駆けて来た。

私は思わず悲鳴を上げた。他の幌のない馬車に乗った人たちも恐怖し、次々に悲鳴が上がる。

そうすると奥に座っていた人たちが、何だなんだと外を覗《のぞ》き見る。危険を察し、何を思ったのか、一人が馬車から飛び降りて御者台に向かって走り出した。

しかしその行動は見逃されず、兵士が走り出した男の腕を掴《つか》んで引き留めた。

あんなに動きが遅く、遠くにいたはずなのに、もう一、二キロほど先までドラゴンは迫っていた。

「何してるんだ！　おとなしく馬車に乗ってろ！」

「うるさい！」

引き留めた兵士に掴みかかり、男はツバを散らして怒鳴った。

「あれに踏みつぶされるまえにさっさと馬車を進めろよお！」

もみ合っている間に、ドラゴンは王都の壁に頭から激突した。

幸いにも私たちが馬車を進めていた門からは離れているものの、それでも最初は森で戦っていたことを思えば間近であるには違いなかった。目測で五百メートルもない。

壁は衝撃に耐えられず崩れるだろうと目を覆ったが、予想に反してビクともしなかった。きっとこれは魔法兵が作っているという魔法壁だからなのだろう。何度体当たりしようと、壁の寸前で弾《はじ》かれるようにドラゴンは跳ね返る。

ドラゴンは、打ち倒そうと立ち向かってくる兵士たちの猛攻に身を捩《よじ》り、時に苦しむように炎を吐き出すが、どの攻撃も巨大なドラゴン相手では威力に欠けるように見える。

こんなに大きな生物を相手にどう戦っているのか、私と同じことを思っている人も多いだろう。

突然荷台の外から、荷台から顔を出さないようにと兵士の声がかかり、肩がビクリと跳ね上がる。

どうやらドラゴンが間近に迫ったために周囲を取り巻く魔物たちが逃げ出し、馬車が動きやすくなったようだ。地面に転がる魔物の死骸を少しづつ避けながら、ゆっくりではあるものの着実に王都の入口が近づいている。

すでに先行している何台かはもう王都の中へ入っているようで、私たちの乗る馬車の後には一台しかいない。

安全な場所へ避難できるからと少し安心して肩の力がフッと抜けた時、リタチスタさんの姿が見えた気がした。

ドラゴンの周りには地面にも上空にもたくさんの兵士がいて、その中にたった一人、風になびくあの橙色《だいだいいろ》の髪が。

「あっ」

リタチスタさんがいた。戦っている。

距離が遠すぎるため定かではないものの、リタチスタさんと思《おぼ》しき人物はドラゴンがもたげる頭の上に落下するように下りては雷の魔法を使い、煩《わずら》わしそうにその都度振り払われることを数回繰り返す。するとドラゴンは最も邪魔なリタチスタさんを目で追うようになり、荒い息に混じって口からチラチラと炎が見え隠れする。

きっとドラゴンは苛立《いらだ》っているのだ。その苛立ちをぶつけるべく、リタチスタさんに向かって大きく口を開いた。

ゴウッと、大きく開かれた口から勢いよく炎が噴き出される。

「え……」

見間違いか。リタチスタさんが逃げもせず、炎の中に巻き込まれたように見えた。

こんなに遠くにいるのだから私の見間違いに決まっている。そうに決まっている。

直後、ドラゴンの胸から地面まで貫くように、一本の太い光が落ちた。

空気を揺るがし、体まで痺《しび》れるかのような雷の轟音《ごうおん》。

今のは何だと、荷台の中は再度パニックだ。

外の様子を窺《うかが》うために私の後ろから次々と身を乗り出した人たちに押され、同じく身を乗り出す形になってしまう。

目に入ったのは、暴れて自分の胸部をかきむしるドラゴンの姿だった。

炎を噴いていた口から今度は血を吐きこぼし、鞭《むち》のようにしなる尻尾が強烈な力で固い地面を砂のように簡単に何度も抉《えぐ》り、血まみれになりながらさらに大きな炎を噴き出して吠《ほ》えた。

耳をつんざき頭の中で跳ね返るような、空のどこまでも響くような大きな鳴き声は空気までもを揺らしているようだった。

「す、すごいな」

後ろの方で誰かが言った。もう倒してしまえるように見えたが、ドラゴンの周りで交戦している兵士たちの様子がどうも、先ほどまでと違うように思えた。

致命的な一撃を与えたなら、勝利が確定しているなら、歓喜に拳を突き上げたり鬨《とき》の声をあげてもいいはずなのに、どこか戸惑いや落胆の気配を感じた。

そして、リタチスタさんの髪の色が見当たらない。なんだか嫌な予感がして、ドクドクと心臓が大きく鳴り始めた。

リタチスタさんはドラゴンの炎に巻き込まれてなんていない、きっとそうだ。

でも姿がない。あれがリタチスタさんじゃない可能性もあるけれど、あそこまで大胆に立ち回って魔法を使う橙色《だいだいいろ》の髪を持った人物なんて、相当限られるはずだし、でも、と胸のあたりで服を握りしめる。

そうしている間にも馬車は進んでいる。

「リタチスタ様は腹の中で魔法を使うために食われたのか……？」

「俺にもそう見えた」

馬車の後ろで護衛をする兵士二人の会話を聞いた瞬間、私は馬車から大きく身を乗り出して、馬上の兵士の会話に割り込んだ。

「いっ、今のどういうことですか⁉　リタチスタさんは無事なんですか⁉」

「な、なんだい君？」

私のあまりの勢いにどう思ったのか、兵士の一人が若干目を細めた。それで私は落ち着くために一つ呼吸を置いて、ゆっくり話す。

「私は、リタチスタさんの知り合いでとてもお世話になっていて、だから今どうしてるのか知っていたら教えていただけませんか」

それでも私に不可解そうな視線を向けてくる兵士にもう一人の兵士が、私のことをリタチスタさん直々にポーションの作成を頼まれた少女で、知り合いなのも本当だ、と簡単に説明してくれた。

それでようやく知れたのだが、本来ならあの巨大なドラゴンは東の森に魔法壁で閉じ込めたまま、設置してある大きな陣の魔法で一気に仕留めるつもりだったらしい。

それでここからは兵士の憶測だけれど、ドラゴンの猛攻で魔法兵の配置に一瞬隙が生じ、それが原因で王都まで近づけてしまった。そして王都の壁を破られるのも時間の問題にまでなったところで、外からの攻撃などたかが知れている、とリタチスタさんが自ら火を噴くドラゴンの口から体内に飛び込み、魔法を放ったのではないか、と。

確かにドラゴンは大暴れの末、突然動かなくなって地面に倒れた。体を内側からズタズタにされたのなら、それも納得できる。

ただそのために、リタチスタさんが犠牲になった可能性が高いと聞かされ、私は血の気が引いた。

「とにかく危ないから、もう身を乗り出さないように」

注意の言葉なんて耳に入らなかった。

頷《うなず》くこともできず、へたり込む。

もう一度、ドラゴンの周囲で騒然となる兵士たちに目をやる。

リタチスタさんはどうなってしまったのか、バロウは今どうしているのか。門を潜《くぐ》ったためすぐに視界が王都の中へと変わる。

全ての馬車は無事に王都の門を潜った。

今日だけでたくさんの事件が起こって、馬車から降りてからも頭が混乱していた。

私は今、何をするべきなのか？　辺りの慌ただしさがただ目の前を通り過ぎ、頭が真っ白で一歩も動けない。

「邪魔！　突っ立ってるな！」

誰かとぶつかり体がよろけ、でもそれがスイッチだったみたいに、一瞬でカルデノの姿が思い浮かんだ。

「カルデノ……」

私はすぐにカルデノを探し回った。

一つ一つ荷台を覗《のぞ》き込み、見慣れた赤い髪の毛を探した。探し回ったのに、カルデノの姿はどこにも見当たらなかった。

間違いなく、到着した全ての馬車を見て回ったのに。

キョロキョロと何かを探す私が目についたのか、たまたま近くにいた兵士と目が合ったため、カルデノのことを知っているか尋ねた。

「あの、すみません。赤い髪の、左腕を怪我《けが》した狼族《おおかみぞく》の女性がいませんでしたか？　どこかで見ていたら教えてもらえませんか？」

あの馬車に乗ってたと思う、と言われた一台に駆け寄ったが、カルデノの姿はない。

私の乗った馬車より大分先に王都の門を潜った馬車だったから、もしかして近くで私を待っているかもしれないと見渡しても、物陰を覗いても見当たらない。

近くを横切った人にも、兵士にも、馬車から降りたばかりの人にも聞いて回ったが、誰も私の求める答えを持ち合わせていなかった。

到着した馬車の周りをウロウロする私がずいぶん目立ったのか、一度声をかけた兵士が私の方へ寄って来た。

どうやら私がカルデノを探していると聞きつけたらしいその人は、カルデノが王都の門を潜《くぐ》って早々に、怪我《けが》をポーションで治そうとするのを拒否し、それでも手当てをしようとすると暫《しばら》く近くで待っていたけれど、ここにはいられないと、煩《わずら》わしそうにどこかへ行ってしまったと言う。

忙しかったため、たった一人の怪我人に付き合い切れないからそれなら好きにすればいいと、そのままになっているそうだ。

カルデノが去ったのはつい数分前らしい。それを聞いて私は走り出そうとして、でもすぐに足を止めた。

目的地も分からず闇雲に走り回ると、かえってカルデノと離れてしまうかもしれないからだ。そしてカルデノも怪我をした体で、適当に歩き回るはずはない。向かうとするなら家か、資料庫あたりだろう。

資料庫なら、今回同行しなかったカスミもそのまま待っているし、家と違ってある程度の物が揃《そろ》っている。きっと向かうなら資料庫に違いない。

目的地を決めて今度こそ走り出した。

走りながら周りの様子を窺《うかが》ってみた。まだドラゴンを倒せた情報が行き渡っていないのか、不安そうな顔ばかり。

閉まっているお店も多い。

ドラゴンは倒せたのだ。わざわざ叫びながら走る気はないが、確かにあの巨大なドラゴンを倒すことができた。

けれどリタチスタさんのことを思えば、素直に喜べない。リタチスタさんが無事なのか気になるけれどあちらにはバロウがいる。それなら今私が気にかけるべきはカルデノ。

辺りを見渡しながら走り続けて息が上がり、呼吸が辛《つら》くなってきた頃、見慣れた赤い髪とツンと尖《とが》った大きな耳が、人混みから頭ひとつ分抜け出しているのを見つけた。

「カルデノ！」

きっとそうだ、そうに違いない。

確認する間もなく、周りの目も気にせず私は叫んだ。

いつもそうするようにカルデノの耳が少し後ろを向き、耳の動きを追うように体ごと振り向く。

カエデ。と、口の動きで私の名前を言ったのが分かった。

顔色がとても悪い。駆け足を緩めずカルデノの目の前に到着してすぐに確認したのは、グルグルに巻かれた左腕の包帯だった。

止血をしているのもあってか、血が滲《にじ》んで、所々赤くなっている程度だけれど、今にも血が足りなくなってしまいそうだ。

「カエデ、すまない待っていなくて」

私はブンブンと大きく首を横に振った。

「大丈夫、大丈夫だから、と、とにかく早く休まないと……！」

カルデノには肩を貸すくらいしかできない。でもそれじゃあ足りない。一刻も早く資料庫へ行きたい。

その時、ちょうどいいタイミングで近くを小さな空の荷車を馬に引かせる男性が通りがかり、慌てて呼び止める。

「すみませんお仕事中ですか？」

「え、いや別に違うけど」

「私の友達が怪我《けが》をしてて歩くのも辛《つら》いんです。行きたい場所があるので乗せてもらえませんか？」

「は？　いやそんなこと言われ、ても……」

と言いつつカルデノの様子に目が行ったらしく、語尾の声量が少しだけ小さくなる。

「お願いします、お金もお支払いします、どうかお願いします！」

とにかく必死に頼み込んで、とうとうカルデノが眩暈《めまい》で足をふらつかせると、親切な男性は荷車に私たちが乗ることを許可してくれた。

道案内して資料庫に到着してから、現金を持ち歩いていなかった私はシズニさんに数百タミルを立て替えてもらい、男性に支払うことができた。

次にシズニさんはベッドに寝かせたカルデノが、ぐったりしているのにポーションの使用を拒否するのはどうしてなのか、説明を求めてきた。

カルデノはギロさんに、水や痛みを和らげる薬を飲ませられたり、包帯を取り替えられたりと、手当てをされている。

私は補給所で大きなトカゲに襲われたこと、腕を失うわけにいかないので、マキシマムポーションを使用するために通常のポーションでの治療をしていないことを説明した。

「そんなことがあったんだね」

「はい。妖精の水は持っているので、天龍草《てんりゅうそう》さえあれば一つくらいマキシマムポーションを作れるはずなんです」

シズニさんは顎に手を当てた。

「ここに天龍草があればよかったんだけど、あいにく入手しにくい物だからね」

気持ちが急《せ》いて、足が出入口の方へ向く。

「なら、早く探しに行かないと。ごめんなさい詳しい説明ができなくて。今こうして話している時間も惜しくて」

シズニさんは私の焦る気持ちを汲《く》み取《と》ってくれて、まだまだ聞きたいことがあるだろうに、そうした方がいいと背中を押してくれた。

「そうだ、どこかお店を探すよりポーション作りのために使用された倉庫へ行ってみた方がいい。治療のためだと言えば、君は今ドラゴンハンターの一員だから、渡してもらうのもそう難しくないはずだから」

「国の倉庫に直接ですね。分かりました、ありがとうございます！」

ベッドで汗をかいて痛みに耐えるカルデノに駆け寄る。

「きっとすぐに戻って来るから、ちょっとだけ待ってて」

カルデノはうっすら開いた目で私を見て、コクンと小さく頷《うなず》いた。

「カルデノさんは私が責任を持って看病するよ」

「はい、お願いします」

私は言い終わるや否や資料庫を飛び出し、とにかく走った。

昨夜の倉庫はここからだと馬車が必要になる距離だから、馬車に乗らなければいけなくて、一番近くの乗り合い所がどこだったろうと思い出しながら資料庫の敷地から出ると、前方から迫るように馬車がやって来た。

どことなく見覚えのある色と形だったが、都合よく乗せてもらえるはずもない。私は停止した馬車の横を通り過ぎた。

「カエデ！」

アスルの焦りの混じった声が辺りに響いた。

「え⁉」

たった今すれ違った馬車が急停止して扉が乱暴に開くと、中から飛び出して来たのはアスルだった。

「見つかって良かった」

「ごめん今急いでて……」

「アイスさんが大怪我《おおけが》をしてカエデを探しに来た。俺も急ぎだ。頼むから馬車に乗ってくれ！」

私の言葉を遮《さえぎ》るアスルはひどく焦っていて、冷静に見えたものの口調がいつもより早い。

それよりも、耳を疑う内容に驚いた。

「ア、アイスさんが、大怪我……？」

「そうだ。今は自宅で、……休んでるところだ」

アスルは一瞬言葉を詰まらせた様子で、アイスさんが『休んでいる』と言った。

「アイスさんが怪我をしたのは大変なことだし、できれば助けたいと思うけど……」

じりじりと、つま先が道を急いでいる。

「私も、カルデノが怪我をしてるから必要な材料を手に入れるために国の倉庫へ向かうところなの。ごめん、力になれなくて。アイスさんはなんとかポーションで治療して」

私は本当に急いでいた。本当に気の毒だと思うけれど、苦しむカルデノの姿が頭をよぎって、だからアスルの返事を待たずに走り出そうとした。

けれど私の行動を見越したように手首を掴《つか》んで引き留められ、焦りと若干の怒りからその手を振り払おうとするが、グッと力を込められ、私の腕はビクとも動かなくなった。

「離して！　急いでるの！」

「聞けよ！」

アスルは私を牽制《けんせい》するように声を荒らげ、何も言わせないとばかりに続けた。

「アイスさんは腕と足を片方失ってるんだ、何とかっていうポーションが必要なんだ。誰も持ってない。けどアイスさんには必要なんだ。いつもポーションを作ってるカエデなら知ってるんじゃないかと思って会いに来た」

「え……」

言葉が出てこなかった。私の何より優先すべきはカルデノで、それは変わらない。そもそもラティさんに貰《もら》っていた妖精の水は少量で、マキシマムポーションを二人分も作ることはきっとできない。

視界がグラグラ揺れるような錯覚に陥る。

けれど強く握りしめられた手首の痛みに意識が引き戻され、アスルに手を放すように言った。

アスルはすまないと一言謝ってからすぐに手を離したけれど、不安の滲《にじ》む表情はそのまだ。

私も、アスルも、お互いの状況を理解できていない。

「この馬車は、アイスさんの？」

「ああ。急いでいたから借りたんだ」

「なら、話を聞くから昨日解放された国の倉庫へ乗せて行ってほしい。とにかく急いでるの」

「分かった」

とにかく倉庫に行かなければ始まらない。詳しい話は移動中にしようと纏《まと》まり、乗り込むと馬車は走り出した。

道中でカルデノの怪我《けが》やマキシマムポーションについて簡単に話すと、私が急いでいた理由に納得してくれたが、そこで出て来た問題にアスルもともに頭を悩ませることとなった。

カルデノとアイスさん、どちらを優先してマキシマムポーションを使用するかだ。

倉庫に十分な数の天龍草《てんりゅうそう》があり、なおかつ妖精の水を生み出してくれるラティさんがいれば、こんなにも悩む必要はない。それに、どうしてもカルデノを優先させたい気持ちが勝る。

そんな気持ちを正直にアスルに伝えてみたが、素直に分かったなんて頷《うなず》いてもらえるはずもない。

険しい表情を隠さないアスルは複雑そうにため息をついて、もどかしさを解消するように乱雑に頭髪をかき乱した。

「……一度、アイスさんに会ってもらえないか」

「…………」

言い方は悪いけれど、そんな暇はないと言いたかった。アイスさんにはたくさんの恩がある。でもそれはカルデノも同じなのだ。

はいとも、いやとも答えられずにいると、アスルは視線で返答を促してくる。

「会ってもらえれば、どれだけひどい状態なのか分かるはずなんだ。頼む、カエデ。頼むよ」

深く深く頭を下げられ、馬車の揺れに左右されるつむじが見える。

「……ごめん。ごめんなさい」

言外にアイスさんを優先してほしいとほのめかすが、私の意思は変わらなかった。

少し顔を出すくらいがなぜできないのか、と思われただろう。

カルデノより重篤なアイスさんをなぜ優先させないのかと怒りに支配されてはいないだろうか。そんな心配をしたまま、アスルは顔を上げないまま、馬車は倉庫へ到着して、私は馬車内の空気から逃げるように外へ出た。

倉庫の中を行き来する一人へ天龍草が必要なのだと伝えると、私の顔を覚えていたらしく、あったはずだから待っていてくれと言われ、数分もすると人の頭ほどの量の天龍草を持ってきてくれた。

シズニさんの言っていた通り、国の倉庫には置いてあったのだとホッと胸を撫《な》で下《お》ろし、お礼を言ってから後ろを振り返る。

「あ……」

背後にいたらしいアスルと目が合って、思わず動きが止まる。

アスルはゆっくり瞬《まばた》きをした。その様子が妙に落ち着いたふうに見えた。

アイスさんの家に行くのを断った気まずさがあって何も言えないでいると、先に口を開いたのはアスルだった。

「乗れよ。急いでるんだろ」

「え。あ、……うん」

本当に申し訳なくて、馬車が出発してからは俯《うつむ》けた顔を上げられなかった。

時間を持て余して膝の上で指をモジモジさせていると、アスルが急に、すまない、と謝ってきた。

「え？」

パッと顔を上げて周囲を見ると、馬車の走る道に違和感を覚えた。

「こ、ここ資料庫に戻る道と違う！」

道を間違えた？　いいや違う。

「わ、私に黙ってアイスさんの所へ向かってるの⁉」

「悪い。本当にすまない」

私がカルデノのために譲れないのと同じように、アスルも私をアイスさんに会わせると決めて引かないだろう。

馬車から飛び降りるなんて到底できない私はそれ以上何も言えずに、ただ無言で座っているしかなかった。

到着してからアスルは私が逃げないようにするためだろう、手首を少し強く握ったまま、アイスさんの家の扉を開いた。

すると、ずっと扉の前で待ちわびていたようにメイドさんが駆け寄って来た。

泣きはらしたように目を真っ赤にして、祈るように胸の前で両手を組んで、私に口を開いた。

「ああ、お待ちしてました！」

救いそのものを目の当《ま》たり《あ》にしたような、期待に満ちた眼差《まなざ》しだった。

「悪いが、まだアイスさんを助けられると決まったわけじゃない」

「は……？　そ、それはどういう……」

「先に少しアイスさんに会えるか？」

メイドさんはアスルの言葉に納得はしていないようだった。それでもすぐに私たちを一階の一室に案内してくれた。

「アイスさん、失礼します」

アスルは小さな声で挨拶《あいさつ》をして部屋に入り、私も後に続いた。

四角いシンプルな作りの部屋は、アイスさんの自室とは思えなかった。怪我《けが》をして運び込まれたので、すぐにでも休ませられるようにと玄関から一番近い客間を使うことにしたのだろう。

部屋の奥の窓際にあるベッドがすぐ目に入った。

薄い掛け布団は人の形に膨らんでいて、その上に流れる薄紅色の髪色は、間違いなくアイスさんであると示している。

最初アスルの声に何の反応も示さなかったけれど、私たちがベッドの横に移動するとアイスさんの具合の悪そうな顔が見えた。

瞼《まぶた》がゆっくりと開く。

「ああ……」

来たのね、と言いたげに口角が少しだけ上がった。

掛け布団の膨らみには、右肩から先、右足の膝から下もなかった。

青白い顔色だ。アイスさんを心配する気持ちの中、同時に思い浮かんだのはカルデノのことだった。

アスルはここでようやく私の手首の拘束を解いた。

「二人とも、ただのお見舞いかしら。……今はなにも、おもてなしなんてできないわ」

一言一言が重労働みたいに話すアイスさんの姿は、痛々しいなんて言葉では到底言い表せない。

一歩足が後ろへ引けた。

「すみません、起こすつもりはありませんでした。ただ、カエデにアイスさんの状態を知ってもらう必要があると」

「その様子だと、カエデちゃんを無理に……、連れて来たのかしら」

言いながら目だけで私の様子を見た。

何も言えなかった。アイスさんだってきっと私がマキシマムポーションを作れることを期待しているのだろう。

アスルは言葉を濁すし、私も面と向かってアナタを優先させられませんなんて言えなかった。

カルデノを先に治すにしてもアイスさんを放置することになるし、材料が足らない今は二人同時に治せない。

アイスさんの顔が見られなくて、唇を噛《か》みしめて俯《うつむ》く。

「その、カエデはマキシマムポーションを作れるそうです。しかし、……今すぐ作るのには問題があるので、時間がかかります」

体が酷《ひど》い状態でも、アイスさんはよく観察できる人だった。

アスルの話し方か私の態度に、違和感があったのだろう。

「……優先する人がいるなら、無理にと言わない」

「え……」

驚いて顔を上げた。

「もちろんそんな優先順位、ないなら私をすぐに治してほしいけど」

察してくれたことがきっかけで、私はアイスさんを優先できない理由を話した。

カルデノの名前が出ると、アイスさんは仕方ない、と一言。

「でも、マキシマムポーションに必要な天龍草《てんりゅうそう》は多めに貰《もら》えたので、妖精の水を作り出すことのできる妖精のラティさんという方が見つかれば、アイスさんも……」

治せる、だからそれまで待っていてほしいと言おうとしてやめた。こんな怪我《けが》を、いつまでも放置するわけにいかない。

私から目を逸《そ》らして、アイスさんは天井に目を移した。

「失った手足が惜しいわ」

「…………はい」

「でも、命の方がずっと惜しい。私は生きていたい」

「はい」

「だから、二日以内にその妖精が見つからなければ、このまま傷を塞いで治すわ」

私が何か言うより先に、アスルがアイスさんに力強く答えた。

「必ず見つけます。安心してください」

そんなアスルに頼もしさや、言葉通りに安心感を覚えたのか、すうー、と息を吐いて、アイスさんはゆっくり目を閉じた。

「言い切ったわね。なら期待して、寝るわ。次に会うときは、腕を再生させる時にしてちょうだいね」

「はい。失礼します」

アスルが足早に部屋を出るので、私は駆け足で後を追う。

「ア、アスル……」

そのままの早足で再び馬車に乗り込む。

今度こそ行き先を資料庫に指定し、馬車は走り出した。

「なんだ？」

「さっきの、ラティさんがすぐに見つかるかどうか分からないのにあんな約束……」

「見つかるかじゃない、見つけるんだ、そうしたら確かにマキシマムポーションは作れるんだろ？」

肯定の返答しか許さない威圧感を感じて、私はコクコクと何度も頷《うなず》いた。

「ならいい。これからすぐにカルデノの腕を治して、そのラティとかいう妖精探しを手伝ってもらう。すぐにだ」

「う、うん」

状況が状況なだけに、アスルとは資料庫に到着するまでおしゃべりなんてしなかった。

私は私でカルデノだけでなく、リタチスタさんがどうなったのかだって気になっていて、そこにアイスさんのあんな姿を見て、心がどうにかなりそうだった。

資料庫の前に馬車が止まって、私とアスルは走った。

入口の扉を蹴破る勢いで資料庫の中に駆け込む。

私を待っていてくれたのか、シズニさんが入ってすぐの所で驚いて目を見開き、こちらを見ていた。

「お、驚いた」

「すみません。カルデノはどうしてますか？　倉庫に天龍草《てんりゅうそう》がありました。すぐにカルデノのためにマキシマムポーションを作りたいんです」

カルデノの寝ている部屋への僅かな移動時間で、寝ているかもしれないことだけを知らされた。

部屋に入るとカルデノは寝ているベッドの上で首をこちらへ回し、辛《かろ》うじて目を開けたので私を認識できているようだった。

それ以上の時間が惜しくて、私はすぐにマキシマムポーションを生成した。

初めて作った物だったが、感動だの珍しさだのは全くなかった。どんな物かをマジマジ観察するより、カルデノの腕を取って持ち上げて中身をかけようとした。

しかしふと、マキシマムポーションが傷口へ直接ふりかけるものではなく、口から飲む物だったことを思い出した。

「カルデノ、待たせてごめんね、これ飲める？」

頭の下に手を差し入れて少し持ち上げ、卵の黄身に似た鮮やかな黄色の液体が入った瓶を口に当てる。

朦朧《もうろう》として反応が薄く、飲み込めるかどうか不安だったが、一度口に入ってしまえば自然と嚥下《えんげ》して、そのまま全て飲み干せたのでホッと胸を撫《な》で下ろす。

とはいえ安心するのはまだ早い。何せ初めて使ったマキシマムポーション。以前リクフォニアで普通のポーションとは使い方が違うと聞いたから飲ませたものの、使い方が間違っていたらどうしようとか、効果がなかったらどうしようとか、初めて使った物に対しての不安は大きかった。

数秒間は何事も起こらず、おのずと全員の視線がカルデノの腕に注がれる。

「こ、これ……」

この使い方で本当に合っているのか誰かに聞きたかったが、それより先にカルデノが腹の上で左腕を押さえて呻《うめ》き始めた。

「カルデノ⁉　どうしたの、痛いの⁉」

ギシギシと音がする。何かが軋《きし》むような妙な音だった。それがカルデノの左腕から発せられているのに気づく。

カルデノは煩《わずら》わしそうに左腕を覆う包帯を取り払った。

包帯を取り払った下に見えた傷口からの出血はすでになく、その代わり、見る見るうちに肉が盛り上がっていく。

それが手の形となり、最初は薄いピンク色の皮膚、それからすっかりカルデノのあるべき手の形になった。

私たち全員、もちろんカルデノも、しばらくは再生した手を目の前に、何も言葉を発することができなかった。

シン、と静寂が辺りを支配した。

「戻った」

そんな中でポツリ、とこぼしたのはカルデノだった。

手のひらをグーパー。現実に起こったとは信じられない様子で何度か手の感触を確かめ、反対の手で擦《こす》って一度失ったはずの手が戻ったことを実感するうち、パッと私の方へ

振り向き、笑顔を見せた。

「カエデ、本当に手が……！」

弾《はず》んだ声だった。

「みっ、見てたよ！　本当に治ったよね⁉」

確かめるようにカルデノの手を取る。

「も、もう痛くない？」

触る前に確かめるべきだったが、カルデノはゆっくり頷《うなず》く。

「ああ、すっかり」

今度こそ安堵《あんど》して、私は大きく息を吐きながらその場にへたり込み、カルデノのベッドに寄りかかった。

カルデノも手は再生こそしたけれど、たくさんの血を失って、それは回復していない。青白い顔に浮かんだ汗をぬぐっていた。

後ろの方から、喜んでいるシズニさんとギロさんの声が聞こえるけれど、アスルの声はない。

でも振り返って見てみれば派手に声を上げないだけで、マキシマムポーションの効果に驚いて、期待が高まっている様子だった。

あ、と私はカルデノの方に向き直る。

「そうだ私、東の森にアスルと一緒にラティさんを探しに行くから、カルデノはゆっくり休んでて」

「ラティを……？」

カルデノの目がアスルに向けられる。

「今すぐにか？」

「うん。アイスさんもひどい怪我《けが》をしてて、だからラティさんにもう一度妖精の水を貰《もら》えるように頼む必要があるの。二日経《た》ってもマキシマムポーションが作れないなら、手足をなくしたまま傷を治すって言ってたから、それまでにはどうしても」

「……そうか」

きっとカルデノのことだ、私も行くと言いたかったのだろう。いつも、私をそばで守ってくれた。もちろんカルデノも一緒の方が私も安心だけれど、今はカルデノの回復を待っている時間がない。

「カエデに怪我をさせるなよ」

体は弱っていても、力強い目はアスルへ向けられていた。

「分かってる」

アスルは固い声で、ただそう答えた。カルデノもその返事に満足がいったのか、小さく頷いた。

「アスルは先に馬車に乗っててくれる？　私も準備をしたらすぐに行くから」

「分かった」

部屋から出て行くアスルの背中を見送って、私は次に二階の研究室へ向かう。

そこにはカスミと後藤さんがいるはずで、ラティさんを探すためにカスミに一緒に来てもらうのと、それから後藤さんには東の森がどんな状態になってドラゴンがどうなったのか、そして今からラティさんを探しに行くと伝える必要があると思ったのだ。

階段を上って廊下を急いで歩いていると、後藤さんが研究室の前からこちらを見ていて、私だと分かると駆け寄って来た。

「カエデちゃん、今、今どうなってる？　ラティは？　少し前まで騒々しかったけどドラゴンはどうなった？」

きっと触ることができたなら私の肩に掴《つか》みかかっていただろう。

後藤さんはここから離れられず、王都の外で起こる出来事をとても気にしていた。ラティさんのことがあるから無理もない。

「ドラゴンは倒されました」

後藤さんを前にして立ち止まることはせず研究室に向かって歩き続けると、隣りを歩いてついてくる。

「そ、そうか！」

「はい、研究室で少し話しましょう。カスミにも聞いてほしいんです」

研究室の中で、カスミは窓の外を眺めていたけれど、私の姿を確認して、嬉《うれ》しそうにパッと飛び回る。

とにかく時間がないため、なだめて二人には簡単な説明をした。

「東の森は、遠目で見てもひどい有様でした。あんなに大きなドラゴンが暴れ回って、燃えて……。これからラティさんを探しに行きます」

「本当に⁉　俺も行くよ！」

「あ、や、ええと……」

リタチスタさんのように、人目に付かないように移動できる手段があれば、今度こそ一緒に行きましょうとも言えたはずだ。けれど、誰かに見つかればきっと面倒なことになる。

対処法がなく何が起こるかも分からないため、どうしても後藤さんにはここで待っていてもらうしかない。

私の反応が希望に反していたためか、それとも予想していたのか、後藤さんはそれ以上何も言わず、またかという様子で、悔しそうに唇を噛《か》みしめる。

「ご、めんなさい。でも、その、きっとラティさんを見つけ出しますから。そのためにもカスミ、一緒に来てくれる？」

カスミは大きく頷《うなず》いた。

「ありがとう。それで、カルデノは体調が悪いから一緒に行けなくて、別の人と一緒だけど、大丈夫かな」

「カルデノ……、どうしたの？」

カスミはずっとこの研究室にいたはずだから、カルデノが運び込まれたことは音や何かで察しても、きっと詳しい事情は分かっていないだろう。

頼もしく胸を張っていたけれど、怪我《けが》について私が説明すると途端にオロオロと落ち着きをなくした。

「傷は治したけど体調はすぐには良くならなくて、今は体を休ませなくちゃいけないから」

別の人、つまりアスルと一緒だがそれでも平気かと問うと、一瞬迷いを見せたものの、もう一度大きく頷いてくれた。

「あのさ……」

部屋を出ようとすると、後藤さんは小さな声で話しかけてきた。

「はい」

「ラティはここに避難させる？　森は多分まだ危ないんだろ？」

「きっと危ないと思うので、避難させようかと」

それに、と躊躇《ちゅうちょ》しながら言葉を続ける。

「ラティさんに協力してほしい事もあるんです」

「協力？」

「はい。……ラティさんが作れる妖精の水が必要なんです。私の知り合いが手足を失う大怪我をして、それで、失った部分を再生させる薬を作るのに必要な材料なので……」

言っていて、心がずんと重く感じた。

だって、そんな用件がなかったらラティさんを森へ探しになんか行かないよと、ラティさんが妖精の水を作れる存在でなければ探さないよと言ってるみたいで。

それでも後藤さんはちっとも嫌そうな顔をしていなかった。

「そうか、ラティは今必要とされてるんだな。きっと喜ぶんじゃないかな。まあ、森から出るのは嫌がるだろうけど、俺もいるからなんとか避難してくれるといいなあ」

「……嫌な気分になったり、しないですか」

「え？」

何が？　と、後藤さんは本当に何も分からないように首を傾げた。

「私の今の言い方だと、気分を害するかなって思って」

「そりゃあよく知りもしない人が言ったら怪しむし気分悪いけど、でもカエデちゃんは違うでしょ。一緒に過ごした時間はさして長くはないけど、俺はカエデちゃんを信頼してるんだ」

言いながら、私とカスミへ交互に目を配る。

「だからラティのこと、頼むね」

「きっとここへ避難させます。ごめんなさい一緒に行けるって言えなくて。もどかしいだろうけど、待っててください」

後藤さんの信頼に応えたい。私はしっかりと頷《うなず》いて言った。

「うん」

後藤さんから、それ以上言葉はなかった。

その後アスルの待つ馬車に乗り込んでカスミを紹介した。

「カスミ？　妖精、だよな？」

馬車が走り出す。カスミは案の定、ココルカバンから少し顔を見せただけですぐに隠れてしまった。

「アスルは初めてだよね？　人見知り、というか妖精はほとんどが人前に出るのを嫌うらしいから隠れちゃったけど、きっとラティさんを探すことは協力してくれるから」

「ああ。いやそれより、同じ妖精ならその……、カスミだったか、カスミにも妖精の水は作れるんじゃないのか？　それならすぐにでもアイスさんの傷を治すことが可能じゃないか。それだけじゃない、大勢の人を癒やすことができる」

徐々に前のめりになり、ココルカバンに隠れたカスミを問い詰めているようだった。

アイスさんを助けたいアスルだからその疑問はもっともだけれど、隠れたカスミの代わりにそれを否定するため、私は首を横に振った。

「私も詳しいわけじゃないから確かなことは言えないんだけど、妖精なら誰でも妖精の水を作れるってわけじゃないらしいの」

「あ、そうなのか」

アスルを若干警戒しているが、そっとココルカバンから顔を出したカスミが私の言葉に続けて言った。

「あの水を作れるのは、すごいことなの。きっとたくさん作るのも、すごい。わたし、できない。ごめんなさい」

罪悪感をたたえたカスミの弱気な表情を見せられ、アスルは前のめりになっていた体を背もたれに戻した。

「そうか……。いや、俺こそ妖精側の事情を知らなかったとはいえ、すまない。謝らせるつもりじゃなかった」

それきり、カスミとアスルの間に会話は生まれなかった。

この移動中にカスミには少しでもアスルに慣れてほしかったけれど、この分だと難しいだろう。

「アスルは、マキシマムポーションのことを知ってたの？」

「ああ、そういうものがあるってのは知ってたんだが知識がなくて、名前も曖昧《あいまい》だった。正直、カエデが知らなかったらどうしようかってのはあったな」

「そう。それに資料庫に私がいるのはどこで知ったの？」

アイスさんのようにもとから資料庫の存在を知っていたとしても、どうして私がいると思って馬車を走らせていたのか。

「アイスさんから辛《かろ》うじて聞くことができた。自宅にいなければカエデが最近出入りする資料庫か、まだ忙しく走り回っているだろうってな」

「なるほど……」

アイスさんなら、私が今回ドラゴンハンターの一員としてポーションを作っていたことだって知っていただろうし、資料庫で会ったこともあるので、家以外の行き先の一つとして頭には入っていたはずだ。

「さっき外から戻って来て、そうそうすぐに自宅に戻るとは考えにくかったんで資料庫を先に回ってみたんだが、あそこで会えたので大正解だったわけだ」

さきほど資料庫に到着してから出るまで、わずかな時間だった。

そう考えるとアスルの判断は、確かに間違っていなかった。

「それにしても、俺があと少し判断するのにもたついていたら、今度は街中探し回るはめになってたな」

そう言って窓の外を見ながらついたアスルの深く重たいため息が、その場での会話の最後となった。

王都から出るべく到着した門の前は人が多く、馬車は人だかりから少し離れたところで降りるほかなかった。

壁の外を移動するにはさすがにアイスさんの家の馬車では危険で、だからといって徒歩では魔物がうろついているだろうし、それも危険だからと、補給所から戻って来る時にも使用していた馬車を一台借りられるかと、アスルが兵士に交渉を始めた。

ドラゴンを倒した今、数台の馬車が東の森の調査に向かうと言うので、それに一緒に乗り込むことになった。

門の付近は今も変わらず兵士が多く、無意識にリタチスタさんについて誰か話していないかと耳が探していた。

「カエデどうした。行くぞ」

「あ、うん」

足が止まってしまっていた。

アスルに続き、馬車に乗り込む。

幌《ほろ》のない荷台の両側に、できる限り詰めて座って人を運ぶようで、二十人近くが乗ったため、ざわざわとさまざまな会話が耳に入ってくる。

左側にアスル、右側に知らない兵士の男性が座ってギュッと詰められているので、ココルカバンの中のカスミが潰されないよう、膝の上で腕にしっかりと抱える。

そこでふと、誰かの会話にリタチスタさんの名前が出て来て、聞き耳を立てる。

「なあ、リタチスタ様がどうなったかって、聞いたか?」

「いや、まだ見つかってないってことしか。結果的にあの人のおかげであんなでかいドラゴンが倒せたんだし、王都も助かったんだろうけど、あれじゃあ焼け死んじまったんじゃないかな。お前見てたか? あのドラゴンの火を噴く口に躊躇《ちゅうちょ》なく飛び込んだんだぜ? 普通助からないだろ」

「そうだよなあ」

向かい側に座る人たちの会話だった。

馬車が王都の門を潜《くぐ》る。

完全に息絶えたドラゴンの姿が見えた。それで、不安に耐えるためにギュッとココルカバンを抱える腕に力を込めた。

「どうした?」

アスルが私の様子に何か感じたのか、口を開く。

軽く首を傾げているだけなのを見ると、話題もないし、なんとなく声をかけてきただけだろう。

「……心配で」

「心配？」

アスルは私の視線がドラゴンの方に向かっているのを確認する。

「誰か知り合いがいたか？」

「うん」

やっぱり会話は弾《はず》まなかった。


到着した東の森は見る影もなかった。

あんなにも高い木々が光を遮《さえぎ》り、薄暗さが怖くて、気味が悪くて、隣をカルデノが歩いてくれていないと安心できなかったのに、今はたくさんの木が焼けて倒れ、地面が抉《えぐ》られ、まるで知らない場所だった。

長い時間をかけて育《はぐく》まれてきた、あるべき自然が壊れたのだ。

別に気に入ってたり好きな場所だったわけでもないけれど、何度も訪れた場所が変わってしまったことは、ショックが大きかった。

あのドラゴンがどれほどの災厄だったのか、脅威に立ち向かった人たちが何人いたのか考える。

森には私たちの乗ってきた馬車より先に来ていたり、もしくは残ったりした人たちがいて、倒れた木が撤去されてある程度の道が作られているが、倒木により足の踏み場もない場所も多く、好きな場所を好き勝手に歩くことは難しかった。

森の中をある程度進んだ場所の、ドラゴンが足止めされていた場所に近づけば近づくほどひどくなっていて、今も残る火を水の魔法で消火している兵士たちを度々見かけた。

中には倒れた木の下へ声をかけている兵士もいる。

「カエデ」

「は、はい」

アスルの声にびくりと肩が跳ね、反射的に硬い声で返事を返した。

私の視線の先をアスルも一度確認した。そのあと私は頭のてっぺんを覆うように片手で掴《つか》まれ、進行方向へと視線を向けさせられた。

「とりあえず倒木が撤去された道をまっすぐ進む。怖いと思ったら目を逸《そ》らすんだ。いいな?」

「わ、わかった」

ドラゴンが足止めされていた場所ばかりがひどいことになっているのだと思っていたけれど、それ以前から森を踏み荒らしていたのなら、この惨状も納得がいく。

こんなにも広い森で、こんなにもひどい状態なのに、小さなラティさんを探し出すなどできるのだろうか。

少し進むと、倒木が整理された道は終わっていた。

私が立ち止まると、目的地の分からないアスルが口を開いた。

「俺には何も分からない、カエデが来ないと何も始まらないぞ」

「う、うん」

アスルには何の迷いもなかった。

「目的の場所がこの先なら進むしかない。手を貸すから、少し目的地やラティについて説明してくれるか？」

時に倒木の上を歩き、下をくぐり、地面に足をつけながら、注意を欠かない程度にゆっくりと説明した。

真っ先に向かうのはまずラティさんのいた泉。

まずはそこにいるかどうか探したいことと、その泉が大体どの辺にあるか、そしてラティさんの見た目についての説明をしているうちに、他の人とはずいぶん離れた場所まで来ていた。

荒れる前の森でさえ泉の正確な場所を把握していなかった私は、ココルカバンの中のカスミに呼びかけた。

「カスミ、詳しい道案内、ここからお願いしていいかな」

するとカスミが、待ってましたと言わんばかりにココルカバンから飛び出て、私たちを先導してくれた。

　泉までの途中、目を覆いたくなる光景が度々あった。普通に生活していれば、岩や木の下敷きになって命を失った動物を見ることなどなかっただろう。

　顔が強張《こわば》る。怖いと感じるそれらから、アスルに言われた通り目を逸《そ》らして見ないようにした。

　周囲より自分の足元をしっかり見なければならないのに、動きがぎこちなくて、足場にした木の上でズルッと滑ってしまった。幸いにもアスルに手を貸してもらったままだったから、転んで怪我《けが》をしてしまうようなことはなかった。

「大丈夫か？」

「ありがとう、大丈夫……」

　自分で思うより、緊張で固い声が出た。

　いつもよりずっとずっと時間をかけて、着実に泉へと近づいている。

「そういえば、カエデは今回の任務の報酬が手に入ったら、何かやりたいことがあったりするか？」

「え、やりたいこと？」

「ああ。俺は家にもっと高い生《い》け垣《がき》を作ろうかと思ってる」

「そ、そう……？」

今話すことだろうかと、首を傾げる。

「妙なことを話すと思ったか？」

「うん。だってこんな緊張した場所なのに」

また辺りを見回し、体のバランスを崩しかけ、アスルに腕を引いて戻される。

「だから、だ。さっきから緊張して、でもアイスさんが待ってるから急がなきゃって焦って、足元が疎《おろそ》かで視界が狭《せば》まってるように思える」

「…………」

返す言葉がない。きっとアスルが言う通りなのだ。

アスルは私の手を放し、突然すう｜っと息を吸いながら両手を大きく広げた。そして息を吐き出しながら腕を自然な位置へ戻す。

「深呼吸だ。カエデも深呼吸してみろ」

「え、いいよ別に」

「いいからしてみろって。騙《だま》されたと思って。気持ちが楽になる」

渋々、私はアスルと同じ動きをしてみた。息をゆっくりと吸い込みながら、広がる肺に合わせて両手を大きく広げる。

「吸って吸って、まだ全然吸えるだろ」

茶々を入れられるのが少し気に食わないけれど、指示に従ってもっともっと息を吸い込む。胸いっぱいに空気を吸い込むと、体の中全てにスッと爽《さわ》やかな風が通るような気分になった。

「吸ってー」

なのにアスルの指示は収まらず、これ以上は無理、と小さく首を横に振ってから、ゆっくりと息を吐く。

「どうだ、少しは違うだろ？」

俺の言葉に嘘《うそ》はなかっただろうと得意げに笑うアスルを見上げ、私も少しだけ笑顔を見せることができた。

「うん、なんか、自分で歩けそうだよ」

ゆっくりだけどちゃんと安全に歩ける場所を自分で判断して、転ぶことはなくなった。

カスミの案内にひたすらついて行き、片道にいつもの何倍時間がかかったか分からないけれど、ラティさんの泉に到着した。

泉は確かにあった。崩れて形が大きく変わり、木が何本かその上に倒れ、それでも泉はあった。

カスミはもちろん、私も泉を見つけてすぐに水の底を確認しようと膝をついて覗《のぞ》き込んだ。

「ラティさん！　ラティさんいますか！　カエデです！」

いつもなら水面から姿を現すのに、今はどれだけ呼びかけても、待ってみても、ラティさんは現れなかった。

「……これじゃ、なにも……」

泉は泥が入ったのか燃えた森のせいなのか、あの澄んで綺麗《きれい》な面影は全くなかった。

険しい道なき道をひたすら進んで来たのに、ラティさんが見つからなかったことに落胆し、そのまま尻もちをつくように座り込んだ。

「カスミ、ラティさんの気配とか、感じたりしない？」

問いかけたが、カスミも泉を覗《のぞ》いて落ち込んだ様子で首を横に振った。

「ラティは、いないのか？」

アスルも隣で泉を覗き込む。

「いないみたい。……どうしよう、ラティさんとはここでしか会ったことがないから他に心当たりがないの。こんなに広い森なのに、どうやって探したらいいんだろう」

広い森の中からどうやって探すかだけを考えた。不思議ともう二度と会えないとは思わなかったのだ。

「そうだな、確かにこんなに広い森じゃあ、巨人族を探すのだって一苦労だろう。常に声をかけながら移動してみるか？」

「それはダメかもしれない」

「なんでだ？　探している声に反応して姿を現すかもしれないだろ」

普通の人ならきっとそうだろう。自分を探しているからと、自らも見つけてもらえるようにするはずだ。

けれどラティさんは違う。

「ラティさんは人を怖がってるから、遠くからじゃ私の声だって分からなくて警戒しちゃうかも」

「人が怖い。確かにそうだな……」

アスルは大きくぐるりと周りを見渡し、泉よりさらに奥の森を指さした。

「ならこの辺りでなく、ドラゴンが暴れた場所からうんと離れた方へ逃げてるってこともあるか？」

この辺りまではドラゴンの被害が及んでいて、燃えた木々やたくさんの足で踏み荒らされた跡がある。

「ここは、大がかりな魔法のために陣を設置された場所からは離れている。そうなると、ドラゴンに気付いてからどこかへ避難する余裕もあったはずだ。でも俺たちが来た方からはどんどん兵士が入って来て、それを怖がってるなら必然的に兵士の出入りと真逆の方へ逃げてる、と俺は思う」

指を差された森の奥へ目を向ける。

「そうだよね、向こうを探してみよう」

泉からさらに奥へ進むと、今度は倒木などなく、いつも見ていた、高い木々が空を隠す不気味な森だった。

日も差さず、木の陰に何が潜んでいるか分からない不安感にまみれた湿っぽい森なのに、ホッと胸を撫《な》で下《お》ろすことになろうとは思ってもみなかった。

線を引いたように突然、何も影響を受けていない見慣れた森に戻ったため、足元への注意も最小限になり、心に余裕ができた。

補給所にいた時から少し気になっていたことをアスルに聞いてみる。

「ドラゴンを魔法壁で森に閉じ込めて、そのまま倒す作戦だったって聞いたんだけど、魔法壁はあんなに大きなドラゴンを閉じ込めておけるくらい、すごい物なの？」

「カエデにも作戦の内容が伝わってたのか」

意外そうに言った。

「直接伝えられたんじゃなくて、近くで兵士が話してたのを聞いただけなの。だからあんまり詳しい内容は知らなくて」

「そうか」

魔法壁についてだったな、とアスルは私に説明するため、簡単に内容をかみ砕いている様子。

「何て言えばいいか。……魔法壁は大きさと強度が自在の盾のようなもので、すごいものと言えばまあ」

「盾？」

「そう。ドラゴンの動きを魔法壁で封じるために動員された魔法兵の数が、俺が聞いた時点で七十五人だった。実際にはもっといただろうな」

四方と、上方に蓋をする形で計五枚の魔法壁が張られ、一枚の魔法壁自体は一人が作り出し、それを残る人員の魔力で支える作戦だったらしい。

支える人数が増えれば増えるほど範囲は広く、強固になり、消費し続ける魔力は魔力ポーション任せで次々に回復させて力押し。

だからこそ夜明けまで魔法壁が突破されることはなかった。

「そしてドラゴンの動きに細心の注意を払いながら、大きな魔法を打ち込むための陣が設置された」

何度か森から響いたあの大きな魔法のことだ。

「その魔法は魔王討伐で大きな功績を挙げたバロウさんともう一人、リタチスタという人が交互に発動させる手筈《てはず》で、まあ、とにかく途中までは上手くいってたんだ」

アスルは一度リタチスタさんの名前を出したが、私には関係のないことだと判断したのか、リタチスタさんに関しての説明はなかった。

「途中までってことは、やっぱりドラゴンが急に王都に向かって行ったのは、全くの想定外だったってことだよね？」

「ああ。その想定外ってのが、何とかって名前のデカいトカゲなんだ。名前が何だったか思い出せないんだが……」

デカいトカゲに、私は覚えがあった。

「もしかして、すごく動きの速いトカゲ？　ゲ、ゲって鳴き声の」

そうそれだ！　とアスルは人差し指を立てた。

「知ってるのか？」

どうも私がトカゲを知っていたのがよほど意外だったらしい、アスルは目を丸くした。

「うん。そのトカゲの一匹に補給所が襲われて、カルデノの腕を、く、食いちぎったのもそのトカゲだったの」

「……そう、だったのか」

一瞬言葉を失ったようだったけれど、アスルは深刻そうに眉間《みけん》に皺《しわ》を寄せた。

「見たんならあの凶悪さが分かるよな。あのトカゲはこの国には生息しないはずだ、少なくとも今まではそう思われていた」

「確か、誰かがあれは魔物ではない、って言ってた気がする。あんなに大きくて凶暴な生き物なのに、信じられなかった」

「だよな。俺も初めて見た。ドラゴンが暴れ回るからただの野生動物なんて皆逃げ出して、害を及ぼすのは魔物ばかりだった。だから、主に魔除《まよ》けが魔法壁に集中してる魔法兵を守っていたんだ。でも魔物じゃないあのトカゲには魔除けなんて関係なくて、四方を囲む魔法壁の一辺が保てなくなった」

アスルが唇を噛《か》みしめるのが見えた。

説明の途中だったので、すぐに次の言葉を繋《つな》げる。

「魔法兵が次々に食い殺されたのが理由だ」

侵入して来たたった一匹に、補給所は滅茶苦茶な目に遭ったたし、あの時リタチスタさんが助けに来てくれなければ一体どれほどの被害が出ていただろう。それが、アスルの語る話の中で起こってしまったようだ。

「それは、きっと……、ひどかったよね」

「ああ」

立ち止まって、散々歩いてきた荒れた森を振り返り、その光景を瞼《まぶた》の裏に思い出すように少しだけ目を閉じる様子は、黙祷《もくとう》をしているようにも見えた。

「……でも、どうしてこの国にいないはずのトカゲがいたのかな。一匹や二匹なんてものじゃなかったよね」

「それは分からない。今の状況が落ち着いたら何らかの調査も始まるんだろうが、そこらへんは俺らに関係なくなるからな」

また歩き始める。

カスミは熱心にキョロキョロと忙《せわ》しなく辺りを見回しながら、私たちの速度に合わせてゆっくりと先頭を飛んでいる。

まだラティさんの気配は感じ取れないようだ。

アスルとの会話の流れから気になっていたことがあった。

「アスル」

「なんだ？」

「ここまで馬車で来る途中、リタチスタさんがドラゴンの口の中へ飛び込んだって話を同じ馬車の人たちがしてて……。本当なの？」

気になっていたのは、リタチスタさんのことだった。

炎を噴き出す口から入り込んで魔法を放つだなんて、常人がなせる行為ではない。ひょっとして何か勘違いとか、そんな返答を期待していた。

「本当だ。いかれた人みたいだな」

非情な答えが返ってきた。

「じゃあ、それじゃ、リタチスタさん、は……」

「国に認められるほどの実力者だ、無策で突っ込んだんじゃないだろうが、無事では済ま物じみてる」

ないだろうな。逆に炎を蓄えたドラゴンの口に突っ込んで無事だとしたら、さすがに化け
「………」

アスルは私とリタチスタさんの関係を知らない。

一緒にバロウを探した仲だなんて知らない。

バロウと一緒に、私が元の世界に帰れるように努力をしてくれているとか、一緒に魔族領へ行ったとか、毎日資料庫で一緒にお喋《しゃべ》りしたり、食事したり、お茶を飲んだり、笑って話した内容も、どんな人なのかも知らないんだ。

「私、リタチスタさんと知り合いなの」

「はっ？　なん……」

途端にアスルは気まずそうに、表情を曇らせた。

「言ってくれれば俺だって、あんな言い方……」

途中で言葉を止めると、大きなため息をついた。

「悪かったな。けど、俺の言ったことは嘘《うそ》じゃない。無策で突っ込むとは思わないし同時に、無事でいられるとも思えない。俺はドラゴンの討伐が確認されてすぐにアイスさんの所へ向かったから、その後どうなったかは分からない」

「………」

何も言わない私を心配してか、隣りを歩く私の方を振り向く。

「悪いな、いろいろ」

「いろいろ？」

リタチスタさんについて良くない言葉を使ったことだろうか。リタチスタさんの現状を知らないことだろうか。マキシマムポーションに関してだろうか。

「…………いろいろだ」

なんと言っていいか分からなかったのだろう。アスルは再び前を向いた。

「大丈夫だよ」

自分でもなぜか分からないけれど、案外明るい声色で答えられた。

頭のどこかで、きっとリタチスタさんなら無事でいるのではないか。いいやきっと無事だと根拠なく信じていた。

信じなければ、こうして正気で森へなんて来られなかった。

「ん！」

私たちの道しるべとなるように飛んでいたカスミが突然、何かを感じ取ったらしい。

「カエデ、カエデ」

私を手招きして進む方向を変えた。

「どうしたの？　もしかしてラティさんを見つけた？」

「たぶん……」

カスミとしても曖昧《あいまい》なようだけれど、見当も付かない私とアスルは、それに頼るほかない。

「でも、違うかも」

「大丈夫、違っててもまた次を探せばいいよ。案内してもらえる？」

「うん！　こっち、こっち」

あてもなくさまようようにラティさんを探していた先ほどまでとは違い、目的に向かって歩く。

アスルが私とカスミの会話を不思議そうに眺めているので、どうかしたのかと聞いた。

「いや、妖精と親しげに会話する姿が珍しくて」

と、そんな言葉が聞こえると、カスミはまるでアスルが一緒に行動していることを忘れていて、声が聞こえて突然思い出したように、緊張してカチコチとぎこちない動きになった。そしてスッと私の背中に隠れる。

けれど今までだってアスルが見かけなかっただけで、カスミは一方的にアスルを知っていた。悪気を持って接する人でないと分かっているからこそ、ただの人見知り程度の態度を取っている。

本当ならきっと、親しげに会話する姿を見せることはないだろう。

「今更ながら、ラティって奴は俺が一緒にいてもちゃんと顔を出してくれるのか？　ただでさえ警戒心が強いんだろ？　まして今はドラゴンの襲撃があってパニックになっている可能性もある」

「言われてみると……」

それに、森には不気味なくらい生き物の気配がない。

鳥が羽ばたく音も、人の足音を聞いて茂みを逃げる動物の姿も。視界を横切る小さな虫でさえ。

こうしていつもと違う森の中で、案外泣き虫な一面を持つラティさんはことさら警戒心を強めて、ひょっとして見知らぬ人物であるアスルと一緒にいる私の呼びかけにも反応してくれないかもしれない。

カスミの案内でやがて到着した一本の巨木の前。ここだけ雨が降った後のように地面のところどころにぬかるみがある。

なんだろうか。

「ここ」

カスミは巨木を指さし、キョロキョロとラティさんを探して辺りを見回す。

「ここ？　ここって言っても、ただ木があるだけだけど」

その木は大人が大の字に寝そべった面積ほどの太さで、強風に煽《あお》られたように根っこを持ち上げ、他の木へ寄りかかるように斜めになっている。

触ってみると皮が簡単に剥《は》がれて、表面ももろい。このもろさゆえ、小さな穴が空いていれば、ラティさんの小さな体なら隠れるのに持ってこいだ。

カスミも、きっと近くにいると言う。

「カエデ、探すのを任せていいか？　俺が探していたずらに怖がらせることは避けたい」

そう言ってアスルは、私たちから距離を取る。

「分かった。少し待ってて」

と言っているうち、ラティさんはすぐに見つかった。

持ち上げられて屋根のようになった根っこと地面の隙間の奥に、震えながら膝を抱えて、小さくうずくまっていたのだ。

「あ、良かったラティさ……」

「ひっ！」

「んぶっ」

突然顔面に顔と同じくらいの大きさの丸い水が思いっきりぶつかり、バランスを崩した私は、体を支えるための手を出す間もなく地面に倒れた。

眠った記憶もないのに、私は仰向《あおむ》けになった状態で目を覚ました。

「カエデ！」

そして頭上で響いた、ラティさんの不安そうな声。次にアスルとカスミが私を覗《のぞ》き込んできた。

「はあ……良かった、起きたか」

アスルの言葉とともに、三人はホッと胸を撫《な》で下《お》ろした。

どうしてか私は、アスルのマントを敷いた地面に寝そべっていて、ゆっくり起き上がってズキズキ痛む後頭部を擦《さす》った。

「す、すまなかったカエデ、ワシが、ワシがお前に怪我《けが》を……」

聞けばラティさんは怖さのあまりうずくまっていて、私たちが来たことにも気が付いていなかった。そんなとき、急に声をかけられて咄嗟《とっさ》に攻撃に出てしまったと。

それで私が倒れたところに運悪く地面に埋まった石があり、勢いよく頭を打ち付けて気を失ってしまったらしい。

頭を打ったのだから下手に動かさない方がいいだろうと、私の目が覚めるのを待っていたようで、アスルが自分の荷物から取り出したポーションを私の頭に使ってくれて痛みが引いてゆく。

ラティさんが身を隠していた木の根の近くの地面にはぬかるみがところどころにできていて、到着してすぐに気になっていた。でも、このぬかるみがなぜできたか、分かった気がする。

おそらく何かしら気配を察知するたびに、私にしたように、生み出した水で攻撃を繰り返していたのだ。

ラティさんは地面にぺたりと正座に似た形で座って、ただ私に謝り続ける。

「気にしないでください、こうして何事もなく起き上がれたわけですから」

カスミはラティさんの横に降り立って、落ち着かせるように背中を擦る。

「ねえアスル、私どれくらい気を失ってたの？」

アスルに目を向ける。

「ほんの十五分程度だ」

懐中時計の針を確認し、そう告げられる。

「あの、ラティさん？」

「な、なんだ？　打ったところが痛むか？　ワシにできることはなにかあるか？」

パッと立ち上がって、私の頭を確認するように何度かクルクルと周りを飛ぶものの、傷はアスルのポーションのおかげで治っているし、これ以上どうするべきかとラティさんはオロオロしていた。

「ラティさんにできることと言えば、ぜひ頼みたいことがあるんです、まずはここから避難しましょう」

「は？」

「一緒に王都へ来てもらえませんか？」

最初は、何を言われたか分からないと言いたげにポカンと目を丸くしていたけれど、意味が飲み込めたのだろう、薄く開いた口から声が漏れた。

「……森から、出ろと？」

距離を空けられる。

私を見る目が、まるで得体の知れない化け物を相手にしているように怯《おび》えている。失望しているようにも見えた。

「怖いのは分かってるんです。でも……」

「分かっていないからそう言えるのだろう」

静かなはずのラティさんの声で空気がピリッと震えたように感じ、言葉が続けられなくなる。

「ワシは、想像や噂《うわさ》だけで妖精以外のものに怯えているのではない。それを簡単に、分かっているなど」

希少な妖精が、理不尽に捕らわれたり利用されたりすることは知識として知っていた。

でも、それでラティさんが害を被《こうむ》ったなんて、考えたこともなかった。

私ではラティさんの心情に寄り添うことはできない。それでも、だからってここで引き下がれない。

「何か頼みがあると言っていたが、それがワシを探しに来た目的なのだろう？　言ってみろ」

「ちっ、違います！　確かに頼みたいことはありますそれは事実です。でもだからって、それだけが目的でここに来たんじゃないんです！　後藤さんにも頼まれて、だから、だから……」

今までの信頼が一気に失われていくのが表情から読み取れるほど、ラティさんは私に失望したようだった。

私の返答が遅れれば遅れるだけ、どんよりと表情が曇る。

「本当に違うんです」

自分で言っていても、言い訳にしか聞こえなかった。

それは後藤さんに説明した時も同じだったけれど、ラティさんを失望させてはいけないと思った。

私への信頼とかの話ではなく、森の外の世界に失望させてはいけない。

詳しいことを聞いたわけじゃないけれど、ラティさんはいつか誰かに酷《ひど》い経験をさせられたのだろうと想像できる。

そんなラティさんが信頼を寄せたのは後藤さんだ。それから私やカスミ、カルデノも、きっと信用されつつあったはずなのだ。

後藤さんがラティさんの中に、他人を信頼する心を育《はぐく》んだから。

なのにここでラティさんを失望させることは、そんな二人の今までを台無しにしてしまうような、そんな気がした。

「ワシが頼まれるなど、お前らが価値を見出《みいだ》して欲しがるなど、妖精の水ぐらいだろう。水ならくれてやる。何か入れ物くらい持って来ているだろう、それをさっさと……」

「待ってくださいラティさん！」

喉を傷めるほど大きな声が森にくわんくわんとこだました。自分でも驚くほどの大きな声に、ラティさんは閉口する。

「違うんです。確かに頼みがあるって言ったから、だからそのためだけにラティさんの所へ来たって思われちゃうかもしれないけど、それと関係なくラティさんのことを心配してました。あんなに大きなドラゴンが暴れて、森は火の海だし、無事かなって、怪我《けが》をしてたらどうしようって、心細く蹲《うずくま》ってないかなって心配してました。後藤さんにもラティさんを頼むねって言われたし、私も王都へ避難させるって約束したんです」

気持ちが急《せ》いて、伝えたい言葉がたくさんあって、のどの奥が詰まっているようだ。さらにラティさんに言いたいことがキチンと伝わっているかどうかも分からないもどかしさで、目にジワジワと涙が溜まって視界を歪《ゆが》めていく。

歪んだ視界の中、正面を見つめるラティさんの目にも同じく涙が浮かんでいるように見える。

「妖精の水が欲しいから来たのはそうです間違いないです、否定はしません。妖精の水が必要だから今ここにいるけど、でも必要なかったとしても、今このタイミングじゃなかったとしても、絶対探しに来ました。ラティさんが妖精の水を作れなかったらどうでもいいとかじゃなくて、絶対に心配で探しに来ました。……どうしたら伝わりますか」

袖でゴシゴシと涙を拭う。クリアになった視界の中のラティさんは、やはり目に涙を浮かべていた。

カスミがそっとラティさんの横に寄り添って、おずおずと、落ち着かせるようにまた背中を擦《さす》り始める。

「……ラティさん？」

ラティさんは涙を隠すように手で涙を拭うが、呼びかけても返事はない。

そんな中で口を開いたのは、カスミだった。

「だいじょぶだよ」

「え……？」

ラティさんはカスミを見た。

カスミはラティさんの背中をゆっくり擦りながら続ける。

「わたし、カエデのこともカルデノのことも、信頼してる。ラティはゴトーのこと、信頼してる?」

思いがけずまた出て来た後藤さんの名前に、ラティさんは目を丸くした。

「……してる。ゴトーのことは、信頼している」

カスミが望んでいた回答だったのだろう、ニコリと笑って、私を指さした。

「わたしもカエデ、信頼してる!」

それから、指折り数えながらいろいろと話をし始めた。

「カエデ、パンくれた。クッキーも。ひどいことしなくて、怖くなくて、おしゃべりして、一緒にいろんなところ行って、いろいろ見て……」

今までの私たちの思い出を振り返っているようだ。ラティさんはどう思っているのか、ただカスミを見つめていた。

両手の指をすべて折ったところで、ソロリとラティさんの様子を窺《うかが》うように、カスミは自分の手へ向けていた顔をゆっくり上げる。

「カエデは信頼できるし、ラティのこと、しんぱいしてたよ、ほんとだよ。カバンの中に入れてくれるから……、だから、あのね、だからこわくないよ。ゴトーがラティのこと待ってるから、一緒に行こ」

こんなにも饒舌《じょうぜつ》に語るカスミが珍しくて、もしかしたら説得できるのではと期待したけれど私に負けず劣らず口下手というか、きっと私と同じで伝えたい気持ちがあってもそれを言葉にして伝えるのに難儀している。

　でも、ラティさんは頬に涙の跡を残したまま、仕方なさそうに笑った。

「カエデとカスミがお互いに大切だと思い合う気持ちが、ワシに対してもあると言うのだな？」

　私とカスミは揃《そろ》って激しく頷《うなず》いた。

「……ゴトーが言っていたのならそうだな、避難させてもらうとしよう。その間穀潰《ごくつぶ》しでいるのはごめんだ、望むだけ水をくれてやる」

　言葉だけは強気だったけれど、その顔はとても嬉《うれ》しそうだった。

「あー、ゴホン」

　私たちの間に流れる空気を断ち切るように、あるいは自分の存在をねじ込むように、アスルがわざとらしく咳払《せきばら》いして注意を引いた。

　私たち全員の注目が集まったことを確認すると、アスルは口を開いた。

「話がついたようで何よりだ、良かった。それで、了解を得られたならすぐにでもアイスさんのところへ向かいたい。急いでくれ」

　どうも私が気を失っていた十五分の間でアスルと打ち解けた、なんてことはなかったらしく、ラティさんがアスルに向ける目には緊張が見え隠れしている。

「ドラゴン討伐のために傷ついた者が大勢いる。その大勢の傷を癒やすためにも、君の協力が得られたのはとてもありがたい。自己紹介が遅れたが、俺はアスルだ」

「……ああ、ワシはラティだ」

声は硬い。

ラティさんの協力を得られたため王都へ戻ることになり、来た道を戻り始める。

まだ人の目に触れるような場所ではないため、ラティさんはカスミと一緒に私とアスルを道案内する形で、ココルカバンには入らずに飛んでいる。

そんなラティさんの背中を追いかけながら、先ほどのことを思い出す。

私とカスミの下手くそな説得でも意味を汲《く》んでくれて、後藤さんの名前を出したにしても頑《かたく》なだと思われた態度も軟化した。

きっと後藤さんへの信頼だけでなく、私たちへの信頼もあったからこそではないかと思う。

それが嬉《うれ》しくて一人笑うと、隣を歩くアスルが視界の端で変な顔をしていた。

もともとラティさんの住んでいた泉の付近まで戻って来たところで私は、アスルに申し訳なく思いつつ、あの、と声をかけた。

「どうした？」

さすがのアスルの顔にも若干の疲れが見え隠れする。

「この近くで知り合いの……、忘れ物みたいな物の回収を頼まれてて、少し寄り道できないかな？」

後藤さんの唯一の願いが、自分の持ち物を私とともに元の世界に戻したいということだった。そのためにもどこかにある後藤さんが住んでいた大きなウロの木を探したかった。

ラティさんはすぐにピンときたらしく、前方で勢いよくこちらを振り返った。

「忘れ物？　またの機会にできないか？　今は何よりアイスさんが心配なんだ」

「そ、それは、確かにそうだよね……」

この森の様子では、大きなウロのある木を見つけるのに時間がかかるだろうし、見つかっても中の物が無事かどうか。焦るアスルの気持ちも分かるだけに、無理を言うことはできなかった。

「ゴトーに頼まれたのだな？」

「え？」

ラティさんはジッと私の目を見ていた。

「は、はい。少ないけど自分の持ち物を回収したいって」

「分かった。あの場所ならきっと分かる。ついて来い」

スイっと飛んで行こうとするラティさんを、アスルが苛立《いらだ》ちを隠しきれないように強く制止した。

「ちょっと待て今することか⁉　一刻も早く傷を治さなきゃならない人がいるんだぞ！」

ラティさんはムッとアスルを睨《にら》みつけて何か言おうとしたが、口を閉じて深呼吸し、自分を落ち着けているようだ。

「そうだな。優先順位を見誤ったようだ。移動にも探すのにも時間がかかるというのに、頭から抜けていた」

「あ。いや。俺の方こそキツイ言い方をした」

二人の間に軋轢《あつれき》が生まれやしないかとハラハラしていただけに、ラティさんが納得してくれたのはありがたかった。

アスルはまたの機会にと言ったが、私はこんな森の状態でまたの機会なんてあるだろうかと、少々不安が残った。

第三章　妖精の水

長い時間をかけてくたくたになって森を抜け、王都へ戻る馬車に乗り込む頃にはすっかり暗くなっていた。

袈裟懸《けさが》けのココルカバンの中にはラティさんとカスミがいるけれど、外から二人の様子はうかがえない。

万が一を考えて、ココルカバンを挟むようにアスルには隣りに座ってもらったけれど、何も気にしていないように見えていたアスルも、チラチラと何気にラティさんを気にかけているようだ。

王都が近づくにつれて、ココルカバンの中からかすかに揺れを感じるようになってきて、こちらまで緊張してしまい、終始口を堅く一文字に結んだままでいた。

やがて王都の門を潜《くぐ》ってゾロゾロと人が降り始める中、ブルブルと震えを感じるココルカバンを気にせず、流れに任せて馬車を降りる。

私は急いで資料庫へ向かって後藤さんに会ってもらうべきだと分かってはいたけれど、それよりラティさんの様子が気になって、小走りで建物の陰に走り寄り、壁に挟むようにしてココルカバンを少しだけ持ち上げ、蓋の隙間からカスミに呼びかける。

アスルは何も言わず、通りを行《ゆ》き交《か》う人々から私たちを遮《さえぎ》るために前に立ってくれて、それを確認したようにカスミがヒョッコリと隙間から顔を出した。

下がり気味な眉の形を見るに、どうもラティさんはあまりいい状態ではないらしい。

「大丈夫？　ラティさんは？」

フルフルとカスミは小さく首を横に振る。

「こわいって。人の歩く音、声、気配もたくさん、こわいって。顔色、わるい」

「そう。……ラティさん聞こえますか？　今からすぐに後藤さんの所へ向かうから、もう少しだけ待っててください」

ラティさんの耳に私の声が届いていることを願って、カバンの中へ言う。

「カスミは、ラティさんのこと気にかけてくれる？」

「うん！」

カスミは最後に笑顔を見せて、ココルカバンの中へ引っ込んでいった。

「よし」

「終わったか？」

アスルが背中越しに言った。

「うん。あんまり気分がよくないみたい」

「そうか……」

距離感を掴《つか》めないアスルなりにラティさんを気にかけているようで、心配そうな目がココルカバンに向いてる。

「ラティさんを資料庫にいる後藤さんって人に会わせたいから、まずはそっちに真っ直ぐ向かいたい」

「ああ」

気持ちが急《せ》いているアスルがすぐアイスさんのところへ行きたがるのを阻止する牽制《けんせい》の気持ちがあったが、返答はこちらが驚くほどの即答だった。

「怯《おび》えてるんだろ。そのゴトーって奴に会わせないと、きっと妖精の水だって出て来ないだろうよ」

それで後藤さんと再会してから、妖精の水を分けてもらってマキシマムポーションを作ってアスルに渡せばいい。

資料庫へ向かうため、待機していたアイスさんの家の馬車に乗り込むと、すぐに動き出した。

「カエデ」

ココルカバンからカスミが顔を出して、私に呼びかける。

「どうしたの？」

「ラティ、少し落ち着いた」

「本当に？　良かった……」

馬車を乗り換えたため、人の気配が少なくなったからだろう。ただでさえ門の付近は兵士やら調査員やら大勢の人で溢《あふ》れかえっていたから、人を怖がるラティさんにとって一番の鬼門《きもん》であったはずだ。

アスルが神妙な顔つきでジッとカスミを見ていたから、どうしたのかと尋ねると、これからのラティさんについて口にした。

「俺が気にすることじゃないんだろうが、東の森はあんな状態だろ。これからラティはどうするのかって思ってな」

「それは、確かにどうなのかな……。きっとラティさんも、まだ何も分からないだろうし」

そう簡単に住む場所を替えられるものではないだろう。ラティさんが過ごしていた森の状態は本当に酷《ひど》いものだった。

ラティさんが今後のことを考えるには、もっと気持ちに余裕ができなければならない。

資料庫に到着すると、なんとなくココルカバンをシズニさんたちの目から隠しつつ、二階の研究室へ急いだ。

私のそんな足音が聞こえていたのだろう、扉を開けると後藤さんが立ちはだかるようにして待っていた。

そして何を言いたくて待っていたかは、もちろん言葉にする前から表情で読み取れた。

「ラティさん無事に見つかりました！」

言い終わるより早くココルカバンを開けると、どんよりと顔色の悪いラティさんがカスミに腕を引かれて出て来た。

「ラティ！　良かった無事で、良かった、本当に良かった」

安心して泣き出しそうな後藤さんの声に反応したように、パッとラティさんが顔を上げた。

「ゴ、ゴ……、ゴトぉ……」

かすれて小さな声だった。涙の混じる声だった。

緊張の糸が切れたらしく、フニャフニャと床に崩折れそうなところを私が両手で受け止めたけれど、そんなのお構いなしにラティさんは泣き出した。

「ごめんラティ、俺も一緒に探しに行けなくて。本当に心配してたんだ」

声こそ穏やかだったけれど、後藤さんも今にも零《こぼ》れそうなほど目にいっぱい涙を溜めていた。

「い、きて、もう、生きて会え、と……っ」

しゃくりあげながら、つっかえつっかえ、ラティさんは苦しそうに、けれど懸命に言葉を続ける。

「もう、生きて会えないのだと、恐ろしかったっ」

ただのか弱い少女の顔をしたラティさんに、後藤さんが手を伸ばした。

当然、何に触れることもできない後藤さんだから、その手は何をするためだったのか、すんでのところで止まって、悔しそうにチクショウと呟《つぶや》いた。

「泣かないでよ、俺じゃ涙を拭いてやれないんだ」

「は……」

思いがけない言葉だったのだろう、ラティさんは目をまん丸くし、後藤さんの意図するところではないにしろ、涙が止まった。

「お前の方こそ、死霊なのだから誰も涙を拭いてやることはできんのだぞ。泣きやんだらどうだ」

つまらないギャグに仕方なく反応するみたいに笑う。

「ああ、そうだった。ならお互い、泣かないようにしないとね」

自分が死んでいることをまるでたった今思い出したように言って、お互いに弱々しく笑顔を見せた。

少しして落ち着いてから、私たちはテーブルを囲んで椅子に腰かけ、ドラゴンが現れてからのことを話した。

ラティさんが話した内容は、恐怖そのものだった。

東の森にドラゴンが現れたのは突然だったそうだ。

大きな地響きを立てながら森を踏み荒らし、空気まで焼くほどの炎で木々を燃やし、動物たちは逃げ惑い、何もかもが壊されていく光景を、ラティさんは迷いのない言葉で表現した。

あれは地獄だった、と。

「必死になって逃げた」

火の中を、鳥の飛び交う中を。

「けれど、一瞬、そうだ本当に一瞬だけだ、頭の中ではしっかりと森の外へ出ようとしていたのに、体が動かなくなった」

その一瞬に頭を過《よぎ》ったのは、森から出ることへの恐怖心。

判断と動きが鈍った時、同じように逃げていた魔物に突進されて倒れた木に巻き込まれ、気を失ってしまったそうだ。

目が覚めたのは、頭が割れそうな大きな音と地面を揺らす振動。恐らくドラゴンに打ち込まれた大規模な魔法の一撃目によるものだろう。

「運が良かった。転がり落ちたのが岩でできた小さな空間の中で、何かに押しつぶされることも、踏みつぶされることもなかったのだ」

辺りに広がる景色は、見覚えのないものになっていた。

ラティさんは頭が真っ白になって、右も左も分からなくて、ただ漠然と帰ることを考え、気が付けば私たちが見つけた、あの場所にいたようだった。

話し終わった後、慰めの言葉など不要と言わんばかりにラティさんは話題を切り替えた。

「さて、次はカエデの話を聞かねばな」

「え、あっ、私」

話題を切り替えたのと同時に、きっと心も切り替えたのだ、表情は先ほどまでと違い、か弱い少女などではなくなっていた。

「はい」

私はドラゴン討伐のために怪我《けが》をしたアイスさんのことをラティさんに話した。

なぜ妖精の水が必要なのかや、今こうしている間にもアイスさんが痛みに喘《あえ》いでいることなどを。

「なるほど。それで先ほどともに行動していたアスルが、そのアイスという者の知り合いなのだな」

「はい。カルデノがラティさんを探しに行けなかったのは、カルデノも怪我を治したばかりで、休んでもらう必要があったので」

「む、そうか。カルデノも……」

私に向けられる視線は痛ましそうで、私をねぎらうものだった。

「水ならいつでも作り出せるし協力を惜しむつもりはない、すぐにでも水を入れる容器の用意を」

「はい！」

一階にいたアスルに声をかけ、資料庫に余っていた樽《たる》の一つを階段の下に運んでもらい、それに妖精の水を入れてもらう。

そして余分に貰《もら》っていた天龍草《てんりゅうそう》と合わせて生成すると、カルデノのために作った時よりもたくさんのマキシマムポーションが完成した。

「どの程度の数が必要になるか分からないが、カルデノの傷の治り方を考えると、これだけあればアイスさんの体も、きっと何とかなるはずだ」

アスルは手に持った四つのマキシマムポーションに、希望を見出《みいだ》している。

目の前でカルデノの腕が再生したのを見たため、本当に嬉《うれ》しそうに、何度もお礼を言ってきた。

「俺はこれからすぐにでもアイスさんのところへこれを届けに行くが、カエデはどうする？　きっとアイスさんも礼を言いたがると思うけどな」

私はすぐに首を横に振った。

「私は行けない。カルデノの具合が心配だし、何よりリタチスタさんが見つかったかどうかも知りたいから。だからアイスさんには、お大事にって伝えてほしいな」

「そうか。分かった、確かに伝える。本当にありがとう、カエデ、ラティ」

深く頭を下げてから、アスルは早足で資料庫を去った。

「こうして人を助けるというのは、胸が騒ぐというか……なんともむず痒《がゆ》い気持ちになるな」

「アイスさんのことですから、きっと怪我《けが》が治ったら直接お礼を伝えたいって言いだしますよ」

ラティさんは困ったようにへニョと眉尻を下げた。

「深く知らない者と会うのは、怖いな」

でも、と言葉を続けながら、視線がカスミに向く。

「もう少し他人と関わる生活も、悪いものではないかもしれんな」

些細《ささい》な言葉かもしれない。それでも、ラティさんは変化を見せていると思わせる一言だった。

「あの、私は言ってた通りちょっとカルデノの様子を見てきます」

「うん、俺たちは研究室でここのことをいろいろ説明しておくよ」

「はい」

「ワシも様子を見るくらいしたかったが、下には他に誰かがいただろう？　まだ姿を見られたくない。すまんな」

「いえ、いいんです。カルデノも、その気持ちだけでも嬉《うれ》しいと思います」

私とカスミが階下に降りてカルデノが寝ている部屋に到着した時、ちょうどシズニさんが出て来た。

「あ、シズニさん。場所を貸してもらったりカルデノの様子を見てもらってありがとうございます」

「いや、いいんだよ。それよりカルデノさんの様子を見に来たんだろう？　行ってあげるといい」

「はい。……あ、あの、リタチスタさんのことなんですけど」

もしかしてリタチスタさんについて何か聞いていないだろうかと尋ねてみたが、行方《ゆくえ》不明かもしれないことを今私の口から初めて聞いたと、ひどくショックを受けて目を見開いた。

「リ、リタチスタがそんな……っ、な、何かの間違いなんじゃないかと思う、思いたいが……」

打ちひしがれたように一歩よろめき、目頭をつまむように押さえる姿が、シズニさんがどれほどショックを受けたかを嫌というほど表していた。

一瞬にして青ざめてしまったので意味がないかとも思ったが、万が一を考え、慌てて口を開く。

「私も知り合いに聞いただけで、その後のことはまだ分かりませんし、もしかしたら今はもう見つかっているかも」

「そうだね、大丈夫だよ。けど……うん、僕に何か知らせが来たら教えよう。今はただ待つしかないから」

待つしかない。確かに今は、外はおろか門の周辺ですらドラゴン討伐に関わる人員でごった返し、討伐自体は完了したが関係者以外は立ち入れない状態が続いている。

シズニさんは、きっとリタチスタなら大丈夫だよと私に不安がうつらないように笑顔を見せてくれたが、顔色は悪いままだし、私だってシズニさんと同じように思っていた。

漠然と、リタチスタさんなら大丈夫、きっと何事もなく帰って来てくれるはず、と。でも実際どうだろう。あんなにも大きなドラゴンを相手に、どうして私の知っている人たちだけが無事だなんて思えるのか。

カルデノはドラゴンが現れたから腕をなくした。

アイスさんもひどい怪我《けが》を負った。

リタチスタさんはどうだろう。

まだ確認できていないバロウはどうだろう。

「私も一応はドラゴンハンターの一員の扱いですので、門から外へは出られなくても、その付近でリタチスタさんのことを聞いてみます。ホント、私一人だとそれくらいしかできないんですけど……」

カルデノが一緒だったらどうだろう、アスルが一緒だったらどうだろう。

そんなふうに弱気になってしまって、なんて情けないんだろうと指先をモジモジ揉《も》んだが、シズニさんは嬉《うれ》しそうに明るい表情を見せた。

「それくらいだなんてとんでもない！　君は僕にできないことをしてくれるんだ、それで十分だよ」

「は、はい」

思い返せば、私がドラゴンハンターの一員になれたのはポーションを一瞬で大量に作れるから。でもそれは、バロウが作ったレシピ本のおかげだ。それでも、できないことをしてくれていると言われ、今の今まで卑下していた自分が急に誇らしく思えた。全部貰《もら》ったものだとしても、頑張ってきたのは自分自身なのだ。

カルデノが待っていると言われ、そこでシズニさんとの会話は終わった。

もし寝ていたら起こすのは申し訳ないと、そっと扉を開けて中を覗《のぞ》くと、体を横たえてはいるものの、カルデノは眠たそうに目を開けて私の姿を認識していた。

「カエデ、戻ったのか。怪我《けが》はないか？」

口調もまだ元気がなく、ゆっくりとしたものだった。

自然に、薄い掛け布団の下にある左腕に目が行く。

もう腕は戻ったし、痛みもないだろうけれど、脂汗を滲《にじ》ませて苦しんでいたカルデノの姿が脳裏をよぎる。

「うん、大丈夫だよ。アスルもカスミも一緒だったんだから」

自分の名前に反応して、ココルカバンの中からカスミが飛び出してカルデノの枕の横に降り立つ。

カルデノはそんなカスミを見て、和らいだ表情になった。

「そうだな、あいつはともかくカスミが一緒なら、それは安心もできる」

アスルの名前が出て来ないあたり、冗談を言う元気はあるようだ。

「あはは。カルデノってアスルのことはあんまり好きじゃないよね」

「別に嫌ってたりはしない。少し、気にくわないだけで」

おどけたように言うので、頭の中で何度も再生されるカルデノの苦しむ姿が次第に薄れていく。

「カルデノ、元気になってきたみたいで本当に良かった。あんなにひどい怪我、初めてだったから」

「無理もない」

カルデノは掛け布団の下から左腕を出して持ち上げた。

「私だってあんな怪我《けが》、初めてだ。正直、自分でも変な気分でな。なくなった腕が生えたんだから」

手のひらを表、裏、と何度か返して、ゆっくり握ってゆっくり開く。

マジマジとその腕を見てみれば、肘《ひじ》のあたりに再生された境目がうっすらと確認できた。何と表したらいいのか分からないけれど、皮膚が新しいとかそれとも日焼けの境目と表現するべきだろうか。

「……さっきそこで話してた内容、私も聞こえていた。一人でリタチスタの様子を調べに行くのか？」

シズニさんとの会話のことを言っているのだとすぐに分かった。カルデノは元々耳がいいし、部屋の前で声量を抑えるでもなく話していれば嫌でも聞こえただろう。

「うん」

「でも、もう暗い」

部屋に一つだけある窓からは、すっかり昇った月が見える。

「そうだけど、それでも」

もちろんいつもの夜なら一人で出歩くなんてしなかった。

しかしドラゴンが現れた昨日の夜もそうだったが、人々がまるで昼間のように行《ゆ》き交《か》っているのだ。

不安や好奇心、いろいろあるだろうけれど、楽しくなんてないのにまるでお祭りの夜みたいに騒がしい。

「そうか。私も動ければ良かったが……」

ベッドから起き上がれないカルデノを見れば、体調がまだまだよくないのが分かる。

「大丈夫だよ。カスミにも一緒に来てもらうし、それに聞こえてただろうけど、門から外に出るわけじゃないから」

「…………」

「？　カルデノ？」

返事がないままジッと顔を見られて、何事かと首を傾げれば、カルデノはチョイチョイと私を手招きした。どうしたんだろうと、元より空いてもいない距離をベッドのふちまで近寄り、床に正座するみたいに座り込んでみた。

「やっぱり、目の下にくまができてるな」

「えっ、うそ」

意味はないと分かっていても指先で目の下に触れてみる。薄い皮膚の感覚しかないけれど、カルデノもカスミも、そして私も思い出した。

「もう一日以上寝てないだろう。体も、精神的にも疲れているはずだ」

「全然！」

私はすぐに明るく返した。

それは空元気《からげんき》や無理をしているように見えてるとしても、それでもまだ体力があること だけは示しておきたかった。

「たった一日やそこら寝てないくらい、何てことないよ」

私を守ってくれたカルデノ、ドラゴンと勇敢に戦ったリタチスタさんたち、そして眠る時間が取れない人なら他にもたくさんいるだろう。

他と比べるのがいいとは思わないけれど、せっかく誇らしく思えた自分を甘やかしたくなかった。

「だから心配しないで、大丈夫だよ」

カルデノにも自分にもそう言い聞かせる。

私に少しばかり意見したいらしいカルデノも何も言えないようで、ただ一言、そうかと呟《つぶや》く。

「じゃあ、そろそろ行くね。ラティさんも後藤さんも心配してたから、カルデノは無理しないでしっかり休んでて」

「うん。カエデこそ、道中気を付けるんだぞ」

「うん」

ベッドの横から立ち上がって、カスミと共に資料庫を出る。

さっきはアスルが用意してくれた馬車があったため、王都の門まではただ揺られるだけだったけれど、今はそれもない。いつも運行している馬車もこの時間ではさすがに走っていないようだし、徒歩での移動となった。

時間はかかるけれど、森での悪路も長時間の徒歩も経験した身だ。街の中を歩くくらいどうってことはない。

門の近くまで来ると、夜だというのに住人たちが怖いもの見たさから一目でも外のドラゴンを見られないかと集まっていて、進行の妨げとなっていた。

人と人の間を縫うように突き進む。

「あ、こら、それ以上行っちゃダメです」

一定の距離からは、兵士が人を制止している。その一人の横を通り抜けようとすると、肩を押し返された。

「あの、私カエデといって、リタチスタさんからポーションの作成を頼まれていたドラゴンハンターの者です」

「は、え？　本当に？　あーいや、ポーションを作ってたのが少女だとは聞いているけど、君だという確証はないし」

「本当です！　証拠は……、ないんですけど……」

ドラゴンハンターの一員になったからといって、身分証明書を渡されたということもない。

揉《も》めていると、別の兵士が来て私の言っていることが事実だと証言してくれたので、兵士の壁を突破して一歩を踏み出すことができた。

当然ながら暇そうに門を眺めているだけの人なんていない。

邪魔を承知で、目に付いた人に次々とリタチスタさんが今どうなっているか知ってはいないかと声をかけた。

大半の人から知らない、聞いていない、見ていない、とばかり返され、あとは森へ行った時にたまたま馬車の中で聞いたのと同じ内容を再度繰り返される程度のもの。

やはりリタチスタさんは、まだ見つかっていないのだろうか。

調査は現在どこまで進んでいるのか。

すでに解体が始まっているのだろう、時たま爪やら鱗《うろこ》やらドラゴンの体の一部を積んだ馬車が王都の中へ入って来る。

もどかしいが門の外へ行くのは危険だろうから、まずは外の様子を知るべきだと、開いたままの門を今まさに潜《くぐ》って来た魔法兵と思《おぼ》しき兵士に声をかけた。

「あの、バロウ……さんはまだドラゴンの所にいますか？」

バロウに直接会えれば話も早かろうと思って、聞いてみた。

「え、ああ。ドラゴンに食われたリタチスタ様がまだ見つからないからって、必死に探してるみたいだったけど、腹を裂いても姿がないから、暗くなったしそろそろ一度戻って来るはずだよ」

くたくたに疲れている様子だが、丁寧に答えてくれた。そして求めていた情報がいっぺんに手に入った。

「あ、あの腹を裂いてもって……」

「……今回君は参加しなかったのか？　俺も疲れてるからあんま相手したくないんだ」

大きくため息をつかれる。

「す、すみません」

道を空けるように横へ一歩ズレると、兵士は重たい足取りで去って行った。

「バロウ、もうすぐ戻って来るんだ……」

それなら今から人の出入りを注意深く観察していた方がいい。邪魔にならないように通路のウンと端に寄って、バロウを待つことにした。

ただジッと、人の出入りを観察する。

もう真っ暗で空には星が見えるが、門の近くは明かりが溢《あふ》れている。見逃すことはないだろう。

カルデノには一日寝ていないだけと言った。忙しくしていれば疲労も眠気も感じなかっただろうに、こうして静かに待っているだけの時間ができると、途端に頭がグラグラと揺れる感覚に襲われた。

森の険しい道を歩いた足が、プルプルと小刻みに震えているのにも今気付いた。

頭の揺れる感覚は眠気とも頭痛とも違う不快な感覚だ。地面が波打っているような気さえする。

見送った人数は数十人。馬車は四台。

新たに門を潜《くぐ》って入って来た馬車にはまたドラゴンの鱗《うろこ》が積まれていて、その馬車に乗る数人の兵士の中にバロウの姿があった。

「あっ、まっ、バロウ！　バロウ!!」

周りの騒がしさに負けぬよう、できる限りの大声で名前を呼べば、バロウはキョロキョロと声の出どころを探し、目が合った。

あ。と口の形が動いた。

依然進み続ける馬車から、バロウは迷いなく危なげなく飛び降りて、お互いに駆け寄って合流する。

「驚いた。どうしてここに？」

「それが、偶然リタチスタさんのことを耳にして、それでここに来たらどうなったか詳細が分かるんじゃないかと期待して。シズニさんも心配してました」

「そうだったんだ」

バロウは額に手を当てて、悩みながらも口を開く。

「どこまで耳にしてるか知らないけど、リタチスタが炎を噴くドラゴンの口へ飛び込んだのは間違いないんだ。その後、内側からの攻撃でドラゴンは仕留められたんだから。けど、どれだけ探してもリタチスタが見つからないんだ。さっき急いでドラゴンの腹を裂いてみたけど、塵《ちり》も見つからない。魔法が発動したタイミングからして、そんなことないって……、けど……」

バロウは額に当てていた手の下で、目に涙を浮かべていた。唇は小刻みに震えて、言葉が詰まっている。

「まさか、燃え尽き、てるわけないいんだろうけど、でも、まさか、死んじまってねえかなって頭、よぎって……」

間近でリタチスタさんの行動を見ていたであろうバロウに、かける言葉が見つからなかった。

リタチスタさんはきっと生きていると、希望が欲しかった。

「……あの」

気になることがあり、私は口を開いた。

「うん？」

「……リタチスタさんは、指輪のような物を持ってませんでしたか？」

「指輪……？　いや見覚えはないけど、そもそも身に着けていたかどうかも分からない。指輪がどうかした？」

こんな時にいきなり何の話を始めるのかと睨《にら》まれても当然の状況なのに、バロウは真剣に私の話に耳を傾けてくれた。

「リタチスタさんは確か、ラティさんから妖精の水でできた指輪を貰《もら》ってたんです。命が危険にさらされるくらいの怪我《けが》をした時に治すものだって」

「そんなの、聞いたことがない……」

いつの間にかバロウの涙は引っ込んでいて、目を伏せて考え込んでしまった。リタチスタさんが指輪を身に着けていたかを思い出そうとしているのだろうか。

「聞いたことないけど、リタチスタが生きている可能性は格段に上がったと言えるんじゃないかな」

悩むのをやめて顔を上げたバロウは、門の外に目を向けた。

「ただ、そうだとしても見つからないことの理由はなんだろう。まさかあの場で咄嗟《とっさ》に転移魔法が使えたはずはない」

「転移魔法は、点と点を結んだ間を渡るような仕組みって説明でしたもんね。ドラゴンの中に陣があったとかじゃなければ、どこからでも自由に行き来できる転移魔法とかですかね……？」

ふと、カフカのバロウの家の地下から、リタチスタさんの魔法で脱出した時のことを思い出す。

確かあの時は、留守にしたバロウが思っていたより早く戻って来てしまったために地下から下手に動くことができず、リタチスタさんの転移魔法で、一階のリタチスタさんが使っていた部屋に移動したのだった。

リタチスタさんからはそのことは伏せているように言われていた気もするけれど、今はそんな会話さえ手掛かりになる可能性があったため、私は迷うことなくバロウの家の地下室での出来事を包み隠さず伝えた。

「え？　何もないのに転移魔法を使ったって……」

「確かにそうでした」

「手掛かりには違いないけど、ああもう、どうなってんだ」

バロウが作った異世界間転移魔法だって、そりゃ一見しただけじゃ分からない仕組み、というか構造のため、不可能に思えた魔法らしいが、それでもバロウは作ってみせた。

だから同じく一見不可能に思える転移魔法も、例えば好きな時に好きなところへ移動できるようにとリタチスタさんが作っていたなら、ドラゴンの腹の中からどこかへ逃げきれていると考えられる。

「今はとにかくリタチスタが、その地下室で使った転移魔法を、また使ったと仮定して話を進めてみよう。もし好きな場所を選んで移動できるなら、リタチスタはただ腹の外へ出るだけで戦線離脱はしないだろうし、僅かな距離の移動しかできないとすると、それもドラゴンの周りで見つからないわけがない……」

バロウは静かに歩き出し、私もその後ろをついて行くと、門を潜《くぐ》って外に出る。

王都の壁に沿うようなドラゴンの姿が見えた。

こちらに背を向ける形で横たわっているため、開かれたという腹は見えないけれどその巨体は数百メートルの距離を埋めるほどの存在感で、周りで作業する人たちがいなければもっと近くに感じたかもしれない。

バロウはドラゴンに用があったわけではないようで、ドラゴンを中心にして辺りを見渡している。

ふと視線が王都の壁の上へ向いた。

「さっきまで王都の外にしか目を向けていなかったけど、リタチスタの転移魔法の移動距離にそれなりの余裕があるとすると、ドラゴンを中心に考えれば、王都の中にいる可能性もある」

「た、確かにそうです！　外を散々探しても見つからないならそれはありえますし、それに姿を現さないってことは、怪我《けが》をしてる、かも……」

手や足をなくしたアイスさんやカルデノの姿を思い出し、ゾッとする。

もし誰にも発見されていなくて、本人も身動きが取れなければどうなる？　手遅れなんてことになったら？

サアッと顔が青ざめたバロウも同じ考えだった。

すぐに近くの兵士に声をかけ、王都の中、特にドラゴンの倒れている場所から近い場所を中心に、リタチスタさんを捜索するように指示を出す。

兵士は指示を聞いてすぐにどこかへ立ち去ったが、入れ替わるようにこちらへ走って来る別の兵士の姿があった。

その兵士はバロウの前で止まり、伝言です、と言った。

「伝言？　誰からだ？」

「はい、リタチスタ様より伝言を預かっております」

今まさに探している最中の人物の名前を聞いて、固まったのは私だけではなかった。

一瞬の硬直後、バロウは兵士に掴《つか》みかかる勢いで口を開いた。

「どっ、どういうことだよ⁉」

「は、はい。先ほど王都を囲う壁の上で魔除《まよ》けの点検をしていた魔法兵が、負傷したリタチスタ様を発見しまして、治療のために病院へ運んだのですが、それで直接伝言を預かりました」

リタチスタさんの姿が見えなかった理由は、ほぼバロウの推測通りといったところ。

バロウがグッと強く拳を握るのが見えた。

「それで、なんて?」

「死ぬほどの大怪我《おおけが》はしてないけど、正直動くのは辛《つら》いから私から顔を見せにいくことができない、するべきことをして時間ができたら見舞いに来てほしい。と」

「生きてるんだな?」

「はい」

私とバロウは同時に脱力して、一気に体が軽くなった気さえする。

リタチスタさんが治療を受けている場所を教えて、兵士は去って行った。

「伝言ってことは、それなりの元気はあるってわけだな」

「ですね。……よかった、本当に安心した……」

「俺はリタチスタの言う通りやらなきゃならないことがたくさんあるから、先にカエデさんだけでも様子を見て来てもらえないかな」

「もちろん! 私でよければ、ですけど」

きっと、リタチスタさんが一番に会いたいのはバロウじゃないかと私は思うのだ。けれどバロウはにこやかに頷《うなず》く。

「リタチスタがきっと喜ぶ」

バロウは門から離れて人混みの中を突き進み、たまたま居合わせた小さな馬車の男性に声をかけた。

「すみません、今はお仕事中ですか？」

「い、いえ、もう仕事は終わってて、ただ少し野次馬を……」

「そうですか。なら今日はこれから、この女の子の御者をしていただけませんか？　引き受けてくれたなら、今いくらかお支払いして、後日ギルドに行ってもらえたら追加の謝礼もお渡しするよう伝えておきます」

バロウが懐《ふところ》からいくらかの金を出して見せると男性はそれを素直に受け取ったため、私は荷台に乗り込んだ。

「そうだ、まだ開いてる店があればリタチスタに適当な帽子を買ってやってくれるかな、もしかして燃えてなくなってたら落ち着かないだろうから」

私もいくらかお金を渡される。

「分かりました」

会話に区切りがついたと同時に馬車が動き出した。

バロウに頼まれた通り、リタチスタさんがいつも使っていたものとできるだけ形の似た帽子を購入し、教えられた病院へと向かう。

病院は王都の中央近くにあった。

名前こそ病院なんて言われたけれど、建物の印象は、貴族のような身分の高い人が住んでいるお屋敷とでも言いたいほど豪奢《ごうしゃ》な作りだ。大きくて立派な門を兵士が守っているほどなのだ。

ドキドキしながら荷馬車から降りて、緊張したまま兵士の横を通り過ぎようとすると、予想通り呼び止められた。

「お名前は？　ここへはどのような要件で？」

「私はカエデ、です。リタチスタさんという方の、お見舞いに来ました」

買った帽子に縋《すが》るように、ツバの部分を少し握る。

「ああ、ポーションの……」

と、兵士が呟《つぶや》く。

「分かりました。引き止めてしまって申し訳ない」

「は、はい」

逃げるように門を潜《くぐ》り、病院の中へ入る。

見た目の印象と変わりなく、中も綺麗《きれい》で豪華。

通路には青い絨毯《じゅうたん》が敷かれ、繊細な絵画が壁を彩り、天井にまで美しい植物の模様が施されている。

やはり貴族の住まう大きなお屋敷のように美しい。

当然リタチスタさんがどこにいるのかも分からないため、キョロキョロすることをやめて、受付と思《おぼ》しき場所にいる女性に病室を訪ねた。

リタチスタさんの病室は二階に上がって、階段の降り口から三番目の部屋と教えられた。

歩き始めた廊下はとても静かだ。絨毯が足音を吸収するから、自分にも足音は聞こえない。

明るく光を放つ大きな魔石が天井にいくつもあって、それこそ部屋数だってたくさんあるのに、夜とはいえ、すれ違った人数はほんの二人だけ。

到着したリタチスタさんの病室の中からも物音はしない。

その静けさは、ここを開けたらぐったり横たわって動けないリタチスタさんがいるのでは、と思わせた。

一呼吸置いてから、扉をノックした。

「はい、どうぞ」

紛れもなくリタチスタさんの声だった。

「失礼します」

扉を開けると、室内は華美に彩られて病室なんて感じはしない。でも入って正面の突き当りにベッドがあった。

「おや、やっぱりカエデだ」

　ベッドにはリタチスタさんが半身を起こして座っていた。

　腰に枕を差し込み、寄りかかるようにくつろいで、まるで自分の部屋に来た友人を迎え入れるような笑顔だった。

「この病院、身分の高い人が利用するのが前提だから、高級な宿みたいで驚いたんじゃないかい？」

「あ、えと……」

　けれど、すぐには言葉が出てこなかった。

　腰まであった長い髪がザンバラに短くなっていて、右目には、うっすら血の滲《にじ》んだガーゼを押し当てるように包帯が巻かれている。

　もしかしたら見えていないだけで体も包帯だらけなのだろうか。どうしてポーションで傷が治っていないんだろうか。何か言おうとするけど、口を半開きにするだけ。

　そんな私を見かねてか、リタチスタさんは手招きをして、ベッドの横にある椅子に座るようにと言った。

　私が椅子に座ると、リタチスタさんの方から自分を指さす。

「髪がこんなで驚いた？」

「……あっ。か、髪もですけど、怪我《けが》はポーションとかで治してないん、ですか？」

「それが私も不思議なんだよねえ」

と、ツンと唇を尖《とが》らせ、顎に指を添わせるように手を置く。

声は元気だ、ドラゴンと激しく戦ったばかりで、怪我まで負っているとは思えない、本当に普段通りの声。

仕草だってそうだ、体のどこかに痛みがあるようには見えない振る舞いが、逆に強がっているんじゃないか、辛《つら》さに耐えているのではないかと勘ぐらされる。

ココルカバンから出て来たカスミも、リタチスタさんの周りをグルグル飛び回って、何かほかにも変化がないかを探している。

「カエデは、私がドラゴンの口に自分で飛び込んだって、どこかで聞いた？」

「はい。炎を噴いてる口から入って魔法を使ったたって。それでドラゴンの腹を開いても中にリタチスタさんの姿がないからって、暗くなるまでバロウも探してました」

「そうか」

悪いことをしちゃったなあ、と照れ臭そうな仕草で笑う。

「ともかく、私はドラゴンの口に飛び込んで魔法を放ったわけだ。正直死ぬ覚悟で飛び込んだんだ。ラティに貰《もら》った妖精の水の指輪を持ってたから」

私はコクンと頷《うなず》く。

考えていた通り、リタチスタさんは指輪を所持していた。

「それでも復活したのが炎の中じゃあ意味がない。すぐに逃げ出したけど火傷《やけど》を負ってい て、それでも持っていたポーションで治せると思ってたんだけどこれが、なかなか治らないんだ。荷物に詰め込んでたポーション全部使ったんだけどねえ」

「あれ、でもリタチスタさんは、ポーションが効きにくい体質でしたっけ？」

「いや」

私の問いに、リタチスタさんは首を横に振った。

「そうですよね」

リタチスタさんにポーションを使った時、その効き方は通常のものだった。

ドラゴンの炎対策として、炎に強いものを身に着けていたらしいけれど、露出している顔や手の被害が一番大きかったようだ。

だからこそ惜しみなくポーションを使ったというのに、いまだに目の包帯の下は出血が続いているという。

「急に体質が変わったとは思えない。ポーションの質に問題があったか、ドラゴンの炎がただの炎ではないか、そのどちらかかな」

「怪我《けが》は辛《つら》いと思いますけど、でも逃げていたので本当に安心しました」

逃げることができたのはやはり転移魔法を使ったからなのだろうか。

「リタチスタさん、カフカのバロウの家の地下で、転移魔法を使ったことは覚えてますよね？」

「え。ああ、そりゃあもちろん」

ぎくりとした表情に変わる。

「ドラゴンのお腹《なか》の中からも見つからないのは、その時と同じ転移魔法を使ったからかもしれないって、バロウに話してしまったんですけど……」

「ああ～……」

リタチスタさんは自分でペシンと額を軽く叩《たた》いた。

まるで、話してしまったのか、とでもいうように。

「ご、ごめんなさい勝手に。でもリタチスタさんを探す手掛かりになるかと思って」

「いや、いいんだ。あの時はまだ魔族だと知られていなかったからで」

「リタチスタさんが魔族なことと関係があるんですか？」

「少しね。ほら、角を折ったといっても根元にすこーしだけ残ってるだろう？　魔石と似た特性の魔族の角だから、まあちょっと陣を埋め込んだりなんかしちゃってね」

私は説明の意味が分からずに首を傾げる。

「簡単に言うと、私を点、直近の記憶を点として、その二つの点を繋《つな》げるように転移魔法を使えるんだ。これは陣を埋め込むことのできる角が私の一部であることが前提だから、あの時は知られるわけにいかなかったんだ。転移魔法は自分自身に陣を埋め込むとかしないと不可能だが、この魔法に詳しいバロウなら、人体のどこに陣を埋め込めるんだろうか、って疑念を抱いただろうから」

「すご……ええ？　それってすごいことなんじゃないでしょうか？」

自分の好きな時に好きな場所へ転移できる魔法なんて、どこかで聞いたような気がする。

「うーん、直近の記憶しか役立たないから、おそらく君が考えるほど便利なものじゃないんだけど、今回は緊急回避として大いに役立ったね」

「あ、きっとバロウにも同じこと聞かれますね。転移魔法に記憶を使うって点も共通点がありますし」

「ああ、そっか、ハハ……」

詳しく説明するのが億劫《おっくう》なのか、バロウに何を言われるか分からなくて面倒なのか、リタチスタさんの乾いた笑いを最後に会話が一旦途切れる。

そこで、ずっと抱えていた帽子の存在を思い出す。

「リタチスタさん」

「ん？」

「ドラゴン討伐、本当にお疲れさまでした。この帽子はバロウに頼まれて、ここに来る途中で買って来たんです」

「おお！　いつ言い出してくれるかと心待ちにしてたよ！　私にだろうと思ってたさ」

私の手から帽子を受け取って、早速かぶってみせた。

「やっぱり私にはこれがなくちゃ」

髪は短くなって右目は包帯で隠れてしまっているけれど、見慣れたリタチスタさんになった。

「バロウに会ったらこの心遣いに感謝するとして、カエデもよく似た帽子をわざわざ選んでくれたな、ありがとう」

「いえ、そんな。気に入ってもらえたなら何よりです」

喜んでくれたのは嬉《うれ》しい。でも、親しくしている人が怪我《けが》をしたのだ、リタチスタさんと同じように明るく振る舞うことは難しい。

リタチスタさんは困ったように笑って小さく息を吐くと、今までとは打って変わって静かな口調で話し出した。

「私は無理して明るく接してるわけじゃないよ。ドラゴンは倒したし、痛み止めが効いてるから何ともないし、怪我は治るし、帽子は嬉しいし、髪だって伸ばす薬があるんだよ？　私に怪我人らしくしろって言いたいんじゃないよね？」

私は慌てて否定した。

「そうじゃなくて、だってリタチスタさんが死にかけた衝撃が大きすぎて、私まですぐにいつも通りに、はなかなか難しいです」

それもそうか、とリタチスタさんは納得した。

「ところでカエデ、寝る時間はあった？」

「あ、いえ。まだ」

「なら帰って寝た方がいい。君はとても疲れているはずだ」

ドラゴンが現れた日、夜通しポーションを作り続けて、今はとっくに太陽が沈んで外は真っ暗だ。となると一日半程度動きっぱなしだったことになる。

理解した途端どっと疲れが出てきたように思えて、言われた通り帰ることにした。

「それじゃあ、お大事に」

「うん、ありがとう」

立ち上がって部屋から出る時、カスミが手を振った。リタチスタさんも応えるように手を振ってくれた。

こんなに暗くなってしまってからも苛立《いらだ》たずに待っていてくれた馬車に資料庫の場所を伝え、到着するまで静かに揺られた。

資料庫に到着して御者に深々と頭を下げ、早足で建物の入口まで行って扉を開ける。

ずっとココルカバンで窮屈な思いをしていたであろうカスミが飛び出し、体を大きく伸ばした。

中は暗くて誰の姿もないけれど、カルデノが寝ているはずの部屋へ真っ先に向かう。

同じく真っ暗闇な室内が待ち受けているかと思ったけれど、部屋の隅に薄明かりを放つ魔石が置いてあって、眠りの妨げにはならないけれど物に躓《つまず》く心配はなさそうだ。

扉は静かに開けたつもりだったが、睡眠を妨げてしまったようだ。目を覚ましたカルデノがむくりと起き上がった。

「カエデか」

大きく口を開けてアクビがひとつ。

「起こしちゃったね」

「いや大丈夫だ。それよりここにバロウから伝言を頼まれた奴が来て、シズニにリタチスタは無事だと知らせた」

どうやら情報は私が伝達するよりも早かったらしい。

「そっか。良かった。ここに戻って来たらリタチスタさんは無事なこと知らせなきゃって思ってたから」

「ん」

カルデノは短い音と共に、もう一つあるベッドを指さした。

この部屋はバロウとリタチスタさんが寝起きするのに使っていた場所であるため、ベッドが二つある。

「寝た方がいい」

薄暗い中でも私が疲れているのがわかったのだろうか。

「実はさっき、リタチスタさんにも言われた」

言いながらココルカバンを床に下ろし、軽く肩を回してからベッドに腰かける。

「リタチスタがいるっていう病院に行ったのか。……調子はどうだった？」

「元気は元気、だったのかな。私にはそう見えたけど……」

治療の痕が目立つ姿だったが、本人はいたって元気そうだった。空元気《から》なんてものもあるけれどリタチスタさんがそう振る舞っているのかどうか、私には分からない。

炎に焼かれるなんてどれほどの苦痛だったか、想像するだけで身震いする。

「やっぱり怪我《けが》がひどそうだった。どうしてかポーションで傷を治しきれてなかったみたいで」

「そんなことが？」

カルデノは少々驚いたようだ。

「まあともかく私だけじゃなくリタチスタにまで言われたんなら、さすがに寝るな？　今も忙しいってこともないだろう」

「それはもう。眠いよ」

ベッドに座ったらどっと疲れが押し寄せた。

背中と腰が張っているのに気が付かなかった。足も痛みがある。瞼《まぶた》が意思に反して下がってくる。

もぞもぞと横になって、薄い掛け布団を肩まで引き上げる。

「カエデねる？　おやすみ？」

「おやすみカエデ」

「んー、おやすみ」

カスミとカルデノの声に返事をした時にはもうすでにふわふわと半分夢の中に入っていた私は、気絶するみたいに眠った。


どこか遠くから聞こえる声で、徐々に夢から覚める。

もう少し眠っていたい気持ちのまま目を細く開いてカルデノの寝ていたベッドを確認したが、掛け布団がめくれたそこにカルデノの姿はなかった。

それと同時に、部屋の外から聞こえる声がカルデノのものだと気づいた。

カスミの姿も見当たらないし、私も起きるべきだろうかと体を起こした。まだ眠い目を擦《こす》って部屋を出る。

すると資料庫の中に入ろうとするアスルと、それを阻止するカルデノの後ろ姿、オロオロするシズニさんの姿があって、カルデノの肩越しにアスルと目が合った。

「助かった。カエデ、ちょっとこっちに来てくれ」

「二人して揉《も》めて、どうかしたの？」

言われた通りに二人の近くへ寄れば、出入口を塞いでいたカルデノが仕方なさそうに道を開けた。

「さっき急に来て、カエデは疲れて寝てると言っても帰らないんで揉めていたんだ」

「寝てたところ悪いとは思うが急用なんだ。家の方にはいなかったから余計慌てた。強引に入ろうとしたのは……、すまない」

アスルから謝罪の言葉があると、カルデノもバツが悪そうに痒《かゆ》くもなかろう頭をわざとらしくかく。

「私も、話も聞かずに悪かった」

どちらからも渋々という雰囲気が伝わるものの、どうやらお互いに悪かったとは思っているようだ。

「えーと、アスルはどうしたの？」

「あ、ああ。昨日カエデにマキシマムポーションを貰《もら》った後、どうして知られたのか他のドラゴンハンターの奴がそれを欲しがって、今朝になって俺の家ばかりか、アイスさんのところにも押しかけて来て……」

私に作ってもらったと言えばこちらにまで押しかけるだろうから、その時は手元にないと言って断ったらしいが、それでも欲しがる人たちがいるのは事実だった。

「ラティの協力が必要な点で、普通のポーションのように大量に作れる物とは思っていない。でも何とかならないかって相談しに来たわけでだな」

アスルはマキシマムポーションの材料が入手困難であることを理解していた。

天龍草《てんりゅうそう》は生える場所は限られていても、採取できる場所に心当たりのある人は多いが、一方で妖精の水は今のところラティさんに頼むほか、入手方法がない。

「一応、押しかけて来た連中にも手の空いてる連中にも、昨日の夜時点で天龍草の採取に向かった方がいいと伝えた」

とても私一人で判断できる内容ではない。ラティさんはすでにアスルと顔を合わせた仲であったからか、そのような相談があると声をかけると、案外素直に研究室から出て下に来てくれた。

シズニさんがいることも、私の陰に隠れることで気の持ち方が違う。

「昨日は世話になった。妖精の水を分けてくれたおかげで、アイスさんという俺たちにとって大切な人が救われた。君のおかげだ、本当にありがとう」

まずは感謝の気持ちを伝え、それからアスルは私たちにしたように、もう一度ラティさんの力を借りられないかとラティさんの反応をうかがう。

ラティさんは私の肩の上で髪にしがみつき、アスルの顔をジッと観察してなかなか口を開かない。

「義務と考える必要はない。君の意思を尊重する」

耳元で、小さく悩む声がかすかに聞こえた。

「ワシが断れば、お前は素直に引き下がるのか」

「俺としては協力してほしいのが本音だ。今まで怪我《けが》が原因で復帰が不可能になり、悔しい思いをした者も、苦しんだ者も見てきた。それがこれからは……、いや、少しでもそんな人を減らせる機会でもある」

ラティさんは私の肩を離れ、アスルの前にスッと移動した。

「それでもワシの意思を尊重すると言うのか？」

「ああ。強《し》いてはならないことだ」

二人の表情は真剣だった。

数秒の間《ま》が空いて、ラティさんはしっかりと頷《うなず》いた。

「分かった。協力しよう」

アスルは求めていた答えを貰《もら》えて心底安心した様子で、呼吸を忘れていたみたいに大きく息を吸った。そして空気が抜けるみたいに吸った息を吐きながら言った。

「マジで助かる……」

と言って、へなへなとしゃがみ込んだ。

「なら今からでも移動できるか？　倉庫なら天龍草《てんりゅうそう》があるから都合がいい」

今の脱力した姿が嘘《うそ》みたいに、アスルはスッと立ち上がって外へ出る。

「ワシはゴトーに声だけかけられればそれでいい。カエデはどうだ」

「私は……」

もちろん私もすぐに出発しても平気だった。けれど、カルデノの体調はどうだろうと目でうかがう。

「私はもう動けるぞ」

「ほ、ほんとかなあ……」

今まで何も言わなかったシズニさんが心配げに呟《つぶや》いたのが聞こえた。それは耳の良いカルデノも同じで、クンと片眉が吊《つ》り上がるように動く。

「動けるぞ」

「体調万全とは言えないけど動くことはできるぞって意味じゃないよね？」

疑いの眼差《まなざ》しから、カルデノがスッと目を逸《そ》らした。

「気持ちは嬉《うれ》しいけど無理はしないで」

「……ん」

カルデノはシズニさんと共に資料庫で留守番することになり、ラティさんは後藤さんに出かける旨を伝えて、アスルの用意する馬車に乗り込んだ。

走り出した馬車の中でのラティさんは昨日王都に来た時と違い、怯《おび》えることも隠れることもなく窓から外を眺めては、キョロキョロと興味を引かれる物を目で追った。

容器を持ってこい水を入れてやる、なんて言わなかったのは、こうして外に出て街を見たかったのかもしれない。

人が押しかけてきたと言っていたが、私は、補給所でリタチスタさんが注意の言葉として言ったことを思い出していた。

『マキシマムポーションのことは隠しておいた方がいい、カルデノのことが大切なら面倒の種は撒《ま》いちゃいけない』と。

あの時は本当にカルデノ一人分の材料だけしかなかったけれど、今はラティさんがいるし、人が押しかけてきたと言うのもアスルやアイスさんのところにだった。

でももし万が一それが資料庫にあるとどこからか聞きつけた人たちが来たとして、私はどうすることができただろう。

一方のアスルも考え事をしているらしく、あごに手を当てて何やら悩んでいる。

「どうかしたの？」

「あ、いや。いくら倉庫を一つ解放しているからといって、天龍草がどれだけ保存されているかと思ってな。欲しがってる奴ら全員の手に渡るかどうか。仲間が俺の家に来てから怪我《けが》した奴らの優先順位にも納得してはもらったが……」

ふう、とため息が聞こえたけれど、すぐに誤魔化すような咳払《せきばら》い。

「その辺の事情はいい、俺らの問題だ」

「昨日、ドラゴンハンターの人たちのところを回って怪我《けが》の確認をしてたの？」

「ああ」

きっとアスルは眠れていないだろうに、慌ただしく走り回っている。

このアスルの不安が的中し、倉庫で作れたマキシマムポーションの数は三十個に満たなかった。しっかりと数えてみたところ二八個。

ラティさんがいなければそもそも作れなかった薬なのだから、これだけ作れただけでも嬉《うれ》しいけれど、数が圧倒的に足りていない。

一緒に数を数えたアスルは複雑そうに額に手を当てた。

「これだけの数を作ってもらえて助かる。国の倉庫の材料で作られたのだから俺はその報告をしがてら、待ってる奴らに届けてくる。馬車はカエデが使ってくれ」

「う、うん」

お世辞にも顔色がいいとは言えない。

「あ、あの、やっぱり足りないの？」

アスルは悔しそうに唇を噛《か》み締めながら頷《うなず》いた。

「天龍草《てんりゅうそう》だって、そう簡単に採取できないだろうからな。間に合わない奴には覚悟してもらうしかない」

「…………」

かける言葉が何も見つからない。

アスルが表情を曇らせてその場から去ろうとした時、遠くから響く声がした。

「アスルー！」

突然聞こえたその声にアスルは反応してバッと振り返った。

「ダリット！」

声の主はダリットだった。

肩に引っ掛けるように袋を担いで私たちの方へ駆け寄って来るなり、その荷物を下ろして中身を見せた。

「これ、皆で店という店を回って集めた分と、さっき戻ってきた仲間たちから渡された分！　今アスルの家に行こうとしたら姿が見えたからさ」

「も、戻ってきた仲間……？　こんなに早く？　だって出立したのなんて昨日の深夜になったはずだろ？」

「何言ってるのさ、仲間のためだって、みんな時間なんて関係なく採取したんだよ」

「そっ、そうか！」

アスルはありがとう、とダリットの手を握って感謝を伝えた。

ダリットが今持ってきた天龍草《てんりゅうそう》は、倉庫に保管されていた数と同程度か、それより多いように見える。

天龍草は店に置いてある数は少なくて、今朝採取されて届いた分がほとんどらしいが、高所に自生して群生もしていないため、たやすく手に入る物ではないらしい。

昨夜出発した人たちが、仲間のためと、不眠不休で採取してくれたおかげだ。

「戻って来たやつらに怪我《けが》は？」

「大丈夫。少し眠いって言ってたくらいでピンピンしてたよ。少し休んでからまた行くって。まだ戻ってきてない四組の分もあるよ」

「そうか良かった！」

仲間の様子を聞いて安心し、アスルにすぐにでも追加分を作ってくれと頼まれる。

「久しぶりだねカエデ。今はお忙しいみたいだけど頑張って！」

「うん！　ダリットも！」

ダリットは時間を気にして、さしたる会話はできないまま倉庫から去った。

追加でマキシマムポーションが出来上がると、いつもの背筋の伸びたアスルに戻っていた。

「助かった。本当にありがとう。これからも頼むには資料庫に行けばいいか？」

私と、それからココルカバンの中にいるラティさんに言う。

「そうだね、多分リタチスタさんやバロウが戻って来るまでは資料庫にいる時間が多くなると思うから」

分かった、と言いながら、アスルはマキシマムポーションを纏《まと》めたカバンを持つ。

「それと、アイスさんがお礼を言いたいそうだ、これから時間があるようならアイスさんの所へ寄ってくれないか」

「時間は大丈夫だから行ってみるね。アイスさんの様子はどう？　あれから酷《ひど》くはなってないだろうけど」

何せ死んでもおかしくない状態だった。マキシマムポーションで手足の再生は済んでいるだろうし、私が訪問しても問題ないくらいには回復したのだろうか。

「ああ。そっちのカルデノの回復の早さにも驚いたが、アイスさんも負けていない」

「そっか」

それを聞いてホッとした。

私たちはそのまま倉庫で別れ、次に馬車でアイスさんの所へ向かう。

アイスさんの家の前に到着すると、馬車の音が聞こえたからなのか、メイドさんが出迎えてくれた。

そして、深々と頭を下げられる。

「カエデ様、お待ちしていました。アイス様のお部屋にすぐにご案内いたします。どうぞ中へ」

「はい、お邪魔します」

相変わらず立派な屋敷の中、案内されたのは先日アイスさんが寝ていたのと同じ部屋だった。

失礼します、と一言告げて中へ入る。

「いらっしゃい」

部屋の奥にあるベッドで上半身を起こしたアイスさんと目が合う。まるで怪我《けが》なんてしなかったように笑顔は穏やかなものだった。

「もう起きてて大丈夫なんですか？　顔色が良くないような……」

ゆっくりベッドに近づく。

「ええ、大丈夫よ」

ゆったりとした寝間着のようなシンプルな衣服を纏《まと》ったアイスさんの膝の上には、暇つぶしなのか趣味なのか、編み物があった。形を見るに、何か大きなものを編んでいるようだ。

目の一つ一つの力加減がバラバラなのか少々歪《ゆが》んでいて、お世辞にも綺麗《きれい》とは言えない。その視線に気づいたようで、アイスさんは恥ずかしそうにその編み物をくるくると丸めてしまった。

「勘違いしないでほしいのだけれど、私は編み物が苦手なわけではないのよ」

「えっ、あの、ごめんなさいそんなつもりじゃ……」

慌てて弁解の言葉を探すが、それをアイスさんは遮《さえぎ》って首を小さく横に振った。

「いいの。これは間違いなく下手くそだもの。でも、手の感覚が戻らなくて」

「感覚？」

ええ。とアイスさんは右腕を肩の高さまで持ち上げた。マキシマムポーションで再生された腕はカルデノと同じく、皮膚が薄いような、新しいような白さがあり、左右の手の甲の色が若干違う。

「腕も、足も、抉《えぐ》れた腹も、見事に元通りよ、見た目は。ただ、まるで自分の物でないような妙な感覚なの」

多少痺《しび》れもあるらしいが、震えや、腫れなどの異常は見た目からは感じられない。

「カルデノには、そんな気配はありませんでした」

アイスさんと同じ不調を隠しているのでは、と勘ぐる。

「そう……。私の場合だと失った部分が大きかったから、少しマキシマムポーションの量が足りなかったとか、そんなところかしら。初めてのことで必要な数の目安が分からないのよ」

普段使い慣れたポーションと違い、存在自体が珍しいマキシマムポーションは、今回初めて使う人の方が圧倒的に多いはずだ。

アイスさん自身も、名前は聞いたことがあるけれど、失った手足が惜しい、痛みから解放されたとしてその後の生活がどうなるのかと恐怖に襲われるまで、その存在を忘れていたらしい。

「もしマキシマムポーションの数に余裕が出てきたらもう一つ服用してみるわ。なくなった手足がこうして戻ったんだから大満足よ。ありがとうカエデちゃん。全てあなたのおかげだわ」

「いえ、私のおかげだなんて」

フルフルと首を横に振る。

「今回は国の倉庫からいただいた天龍草《てんりゅうそう》と、それから妖精の水を作り出してくれた妖精のラティさんの協力があってこそで」

「なら、まだ動けないけど改めて直接お礼も言いたいわ。今はそのラティさんにもカエデちゃんからお礼を伝えてもらえると助かるわ。本当にありがとうございましたって」

私はココルカバンの紐《ひも》をぎゅっと握りしめた。

きっと今の言葉は、ココルカバンの中に隠れているラティさんの耳にも聞こえていただろう。

「必ず伝えます」

アイスさんの感謝の気持ちは必ず伝わっている。

「それはそれとして、カエデちゃんにも言葉とは別に何かお礼がしたいの」

「いえそんな……」

「お願いだから」

少し強い口調で私の言葉が遮《さえぎ》られた。

「遠慮しないで、お願いだから。何か受け取って、……何でもいいの」

「………」

まるで懇願しているみたいだった。お礼をしたいというより、どことなく謝罪したいと言いたげな。

だとしても、私だってすぐに何か欲しい物が思い浮かんだりはしない。

「え、と……。何か、考えておきます」

「ええ」

それから少し気まずい空気が流れる。

どうにか話題をひねり出そうとするけれど、怪我《けが》の原因なんて聞きにくいし、ドラゴンとの戦いがどうだったかなんて療養中に聞くものでもない。

それ以外に、アイスさんと気楽に交わせそうな共通の話題というのも突拍子のないものになりそうで、ただ時間が過ぎる。

そんな葛藤をしていると、アイスさんが口を開いた。

「本当に、いつかはこの王都を去るの？」

「…………」

またこの話だ、と正直思わないではなかった。

「あなたはポーションン作りにおいて素晴らしい人物よ、たくさんの人の助けになる。今後はマキシマムポーションのために天龍草《てんりゅうそう》の流通はより増えるだろうし、今回のことでカエデちゃんの名前はドラゴン討伐に携《たずさ》わった者の間に広く知られるようにもなる。贅沢《ぜいたく》な暮らしだって夢じゃないわ」

アイスさんの言葉に嘘《うそ》はないだろう。

私自身、元の世界に戻ればここまで人に必要とされることはもうないだろうとも思っている。

この世界に存在するポーションという物は、それほど重要な存在だ。

でも、それでも私は帰るのだ。

私がポーションを作れるのは、バロウがレシピ本を作ったから。

だから役割の話をするなら、きっとバロウは私の代わりができる。

私がこの世界にいなくても、何も変わらないし、誰も困らない。

「私、贅沢な暮らしを望んで今まで過ごしてきたわけじゃないんです」

「……そうね」

少しだけ残念そうに、アイスさんの眉が下がった。

また会話がなくなる。

私が贅沢な暮らしに興味がないのは、元の世界に帰れると分かっているからだ。

けれどバロウのようにこの世界で生きていくしか道がなかったなら、同じことが言えただろうか。

アイスさんの目に、私はどう映っているんだろう。

「あの、アイスさんはやっぱり、私がポーションを作れるから親切にしてくれていたんですか？」

「………………」

アイスさんは私の質問に目を丸くした。

面と向かって聞くのは怖かった。実際私はアイスさんを苦手に思って、避けられるならずっとそうしていたいとも思っていた。

でもやっぱり親切に接してもらって過ごした時間の方がずっと長くて、今のとても穏やかな様子のアイスさんになら、聞いてみてもいいんじゃないかと思えた。

やや間《ま》があってから、アイスさんは口を開いた。

「……それだけじゃないと言って、信じてもらえる？　もし信じられるなら、少し私の話を聞いてもらいたいの」

私は黙って頷《うなず》いた。

アイスさんはどう話すべきかと悩んでから、幼少の頃へとさかのぼり、かいつまんで自分の身の上話をしてくれた。

「私は田舎の裕福とは言えない家の出身なの。だから同じ年頃の、同じような家の子供たちは皆、王都に憧れていたわ」

憧れていたから、家の仕事や狩りをしてお金を貯め、同年代の子供より一足早く王都へ出て来たと言うアイスさん。まだ子供だったものの、身体能力や剣の腕は鬼人族らしく強いの一言に尽きた。

「でも私の育った田舎って顔見知りが多いから、あまり人の悪意にさらされることってなかったのよ。その頃ギルドで一緒に仕事をしていた人たちがいたのだけれど、どれだけ私の負担が大きい仕事であってもそれらしい理由を付けて、渡される報酬はいつも少なかった」

「アイスさんなら、一人でも平気なのかと思ってました……」

こんな大人の女性でも泣きそうになりながら外を走り回る時期があったんだろうか、人に騙《だま》されて落ち込んだことがあったのだろうか、一人では仕事ができなかったのだろうか。まるで信じられない。

「ええ、もちろん一人でも平気よ。昔だってきっと平気だったわ。でも、新顔がギルドで仕事をするには一人では信用を得られないんだって言われて、私も私で素直にそれを信じていたのよ。元から出来上がってるグループに、無理を言ってわざわざ入れてもらってるって認識だった」

　その当時一緒に仕事をしている時は、どれだけ怪我《けが》をしても、どれだけ高額報酬の魔物を討伐しても、自分がもらえる報酬は多いとは言えなくて生活に余裕はなかったため、意外と厳しいものだなとふて腐れた。

　ある日ギルドの待機所で報酬の不満について言い争っているところに突然首を突っ込んできたのが、その時ドラゴンハンターのリーダーを務めていたガルシュ。

　アイスさんの不満を一から十まで聞いたガルシュが、不当な扱いだ、憤慨してもいいと言ってくれたことがきっかけで、ギルドからの仕事は一人で受けても平気なのだと知ることとなった。

「これも何かの縁だと言って、何だかんだと世話を焼いてくれたわ。それから数年して、ガルシュは私にドラゴンハンターの一員にならないかと誘ってくれて、それで今に至るわけね」

　恥ずかしそうに締めくくる。

　恥ずかしがるような話をわざわざしてくれたということは、今の内容に意味があったということだろう。

私は思ったことをそのまま口にした。

「じゃあ私に親切にしてくれたのって、私が一人だったからですか？　昔のアイスさんみたいに」

リクフォニアでアイスさんに出会った頃、お金を稼げるようになったばかりだった。

それ以外は、手探りどころか身動きするのも怖かった。

だからアスルやアイスさんの親切が嬉《うれ》しくて、頼り切っていた部分がある。

「きっと私は、ガルシュの真似がしたかったのね。カエデちゃんを助けたらガルシュに近づけるような気がした」

アイスさんはガルシュに助けられ、そしてアイスさんは私を助けてくれた。それを『真似』だと言う。

「でも、私はガルシュとは違ったのよ。カエデちゃんに見返りを求めていたの。最初からじゃないわ、最初は本当に私、心からあなたを助けたいと思ってたはずで、でもいつ頃からかしらね。自分でも分からない……」

アイスさんは頭痛を抑え込むように額に手のひらを当てた。

「見返りを求めるのが悪いこととは思っていないわ。ただ、自分で自分を把握できていなかったし、制御できなかった感情もあって。だからカエデちゃんは私に不信感を抱いたことでしょう」

「確かに、急なことでしたから」

以前のアイスさんを想起すると、今目の前にいるアイスさんは、失礼な言い方だが人らしく思えた。

私にとってアイスさんは完璧な人だった。強くて、人望があって、地位もあって、お金に困ることはなく、優しく穏やかで、誰もが漠然と思い描く大人の女性の理想像そのものだった。

「私、自分で誇れる自分になれたと思っていたの。子供の頃思っていた大人ってこういうものだった」

けれどそれはアイスさんの努力の上に成り立った、アイスさんにとっても理想の人格だった。

「私が最初カエデちゃんに険悪な空気のまま接したのは、確かカフカへの旅券の話が出た時だったかしら」

「えと……そう、だったかも。手紙で呼ばれて尋ねたら中からすごい物音がして、それでアイスさんの体調が悪いってメイドさんに聞いたから帰ろうとしたら、アイスさんが出て来たんでしたよね」

「そうね。そうだった。カエデちゃんにしてみれば関係ない話なのだけど、あの日の仕事で本当に腹の立つことがあって……」

申し訳なさそうに、私の顔色を窺《うかが》うように、アイスさんは私を見ていた。

「私、本当は短気だし、負けず嫌いで、わがままで、取り繕っているだけで……」

ハッとして一度口を閉じると、コホンと小さく咳払《せきばら》いした。

「子供みたいな理由で嫌な思いをさせて、本当にごめんなさい」

そして、深く頭を下げて謝意を示した。

私がアイスさんに頭を上げるように言うと、アイスさんも素直に聞き入れてくれた。

「話が長くなってしまって申し訳ないわ。今日は来てくれてありがとう。カエデちゃんにも予定があるでしょうから、お礼だけ考えておいてほしいの」

「はい。分かりました」

見るからに疲れているアイスさんのところにこれ以上いることもできない。私は最後に挨拶《あいさつ》だけして部屋を出た。

扉を閉めながら隙間から最後に見えたのは、戻ったばかりの右腕を擦《さす》るアイスさんの姿だった。

第四章　再開

ドラゴンを討伐して五日が経《た》った。カルデノの体調はすっかり良くなり、バッチリ回復してからは資料庫でなく家に帰れるようになった。

いろいろと忙しいらしいリタチスタさんとバロウはまだ一度も資料庫に戻らず、しかしいつ戻ってきても話ができるようにと、私たちは資料庫に毎日集まっていた。

アスルやアイスさんの家に押しかけて来たという人たちは、マキシマムポーションの材料である天龍草《てんりゅうそう》をかき集めるために一斉に王都を飛び出し、そして信じられないくらいの早さで採集を終えて戻って来た。私はそれをアスル経由でマキシマムポーションにして引き渡すということを繰り返していた。

ラティさんはとても協力的だった。口では穀潰《ごくつぶ》しでいるつもりはないだけと言っていたが、感謝の言葉があるたびに比喩《ひゆ》なしに舞い上がっているので、心の底から嬉《うれ》しいのだろう。

シズニさんやギロさんとも面と向かって話せるようになり、私には街で気になる物、買って来てほしい物を次々に頼むので、買って行くと毎朝機嫌がいい。

そしてラティさんの機嫌がいいと、自然と後藤さんの機嫌もいい。ラティさんが笑顔だと同じく笑顔なのだ。

今朝もラティさんに頼まれていた買い物を終えて資料庫へお邪魔し、いつものように研究室へ足を踏み入れた。

「おはようございます。ラティさんに頼まれてた物を買って来まし……」

思わず言葉が止まり、驚きのあまりあっと声を上げた。

リタチスタさんとバロウが揃《そろ》って研究室の中にいたのだ。

私の後ろにいたカルデノとココルカバンの中にいたカスミが同じように室内を覗《のぞ》き込んだ時、ちょうどリタチスタさんとバロウが揃ってこちらに小さく手を上げて挨拶《あいさつ》してくれた。

私は二人が戻って来たことよりも、リタチスタさんの姿に驚いたのだった。

病院で見たリタチスタさんは短くなってしまった髪の毛と包帯で隠れた右目が痛々しい状態だったが、現在のリタチスタさんは髪の毛は風になびく元の長さに、そして傷ひとつない右目も問題なく瞬《またた》きを繰り返す。

ポーションの効果が弱まっていると聞いた時には困惑したが、何事もなかったかのように回復したその姿を見て、胸を撫《な》で下《お》ろした。

「もう戻って来られるようになったんですか？　いろいろと忙しいと聞いてたので……。

なんだか、すごく久々に顔を見るような気がします」

「昨日の遅くにやっとね。それで少し前にここに来たばかりだよ」

バロウはくたびれた様子で力なく笑った。

「やあ、心配かけたねえカエデ」

私が買って渡した帽子のツバを、これ見よがしに上げてみせたリタチスタさんだったが、バロウと同じく疲れを隠しきれていない表情だ。

「目の傷、ちゃんと治ったんですね」

火傷《やけど》などの痕一つなく、本当に綺麗《きれい》に治っていた。けれどリタチスタさんは意味ありげに片眉をクンと上げてみせる。

「あれは結局、傷を塞ぐことはできたけど綺麗に治すことはできなかった」

「え？　でも傷なんて……」

そう、肌には薄い痣《あざ》すら見当たらない。

「せっかく新しい帽子になったから、顔の傷も隠せるように魔法を施し直したんだ。帽子の魔法を取れば顔の傷も丸見えだ。見るかい？」

「いっ、いいえ！」

そう簡単に見せたいものではないだろうに。リタチスタさんは笑った。

「冗談はともかくとして、これで全員揃《そろ》ったわけか」

研究室の中にはもちろん後藤さんもラティさんもいて、バロウはその場にいる全員の顔を見渡した。

「予想外にドラゴンの討伐任務が入ったんで足止めをくらったけど、俺たちは転移魔法制作の途中だったわけだ。本当に、あと一歩ってところ」

全員、静かにバロウの言葉に耳を傾ける。

「ここまできたら、後はもう出来上がった道を踏みしめるだけって感じだ。カエデさんにも後藤さんにも、本当にすまないことをした。俺が隠れるように生活してたせいで面倒もかけた。でも、この転移魔法の完成を俺の誠意だと受け取ってほしい」

ドラゴンの出現で漫然としていたここ数日が嘘《うそ》のように、気が引き締まる。

バロウからラティさんに、転移魔法の説明がされる。私たちにしてみればもう何度目かの説明だった。

「実際に座標が固定されるのは、陣が魔力で満たされてカエデさんと後藤さんが陣の中に入った後だね」

後藤さんも真剣な表情でいるが、その後ろでラティさんだけが表情を曇らせていた。

「ラティさん？」

私が声をかけると、ハッとしたようにこちらを見た。

「な、なんだ？」

何か疑問でもあるのだろうかと、バロウも説明を中断する。

「いえ。何か気になることでもあるのかなって。今ならリタチスタさんとバロウが揃《そろ》ってるし、聞けることは聞いておいた方がいいですよ」

ラティさんは葛藤するように半開きにしていた口を閉じて、でも何か言おうとして、胸の前で祈るように両手を組むと、意を決したように今度こそ口を開いた。

「ゴ、ゴトーは、……どう、するのだ」

後藤さんに向けられた言葉にも、バロウに後藤を今後どうするつもりだと問うようにも聞こえる。

「え、どうって？」

返答したのは後藤さんだった。

「どういう意味？　俺ならもちろんカエデちゃんが無事帰れるように手伝うよ。陣ってやつの中に一緒に入るだけみたいだけど」

「それは、お前も帰ってしまうということか？　陣の中にいればゴトー、お前まで転移魔法の範囲内ということだ。それを了承しているというのはつまり、元の世界に帰りたいからか？」

慌てて否定したのは説明を中断していたバロウだった。

「違うよ。説明が足りてなかった。後藤さんの協力は確かにカエデさんが使う同じ陣の中で得られるけど、死霊である後藤さんは魂を骨につなぎ留められているからね。記憶は魂側であっても本体は骨だから、骨が陣の中に入らない限り、後藤さんが転移するってことはないいんだ。当然魔力だって持っている必要はない」

「そうだよラティ。俺はこっちの世界にいたいって思ってるんだからさ」

「そ、そうか」

それを聞いて、ラティさんからは安堵《あんど》の息が漏れた。

「ゴトーが森を出てから、心休まらないことばかりだ」

言葉とは裏腹に嬉《うれ》しそうな笑顔だった。

一通りの説明が済んだところでリタチスタさんが、あっ、と言って思い出したように私の方を振り返った。

「そうだ忘れてた、カエデに報酬が入ったんだった」

「報酬……、ポーションの分ですね」

そうそう、とリタチスタさんは何度か頷《うなず》いて、腰のポーチから折りたたまれた数枚の紙束を出し、パラパラと捲《めく》りながら内容を目で追う。

「えーとなになに。……カエデにはドラゴンハンターとして支払われる報酬の他に、マキシマムポーションの報酬があるみたいだ。結構な数の依頼を受けたんだね。わあすごい、合計で八万五千タミルだ」

用のなくなった紙束をたたんでバロウに押し付けると、バロウもバロウで反射的に受け取ってしまう。

リタチスタさんは次に、部屋の隅に寄せてあった大きな革袋をテーブルの上にガシャンと重たそうな音とともに置いた。

「で、これが今読み上げたカエデの報酬だ」

口紐《くちひも》を解いて中身を覗《のぞ》くと、硬貨の海のようだった。

「こ、これが全部ですか？」

「そう、君のお金だ。もし足りないようなら、バロウのお金が入った後でよければもう少し支払うよ」

バロウはリタチスタさんの背後でギョッと目を見開いていた。

「いえ違います！　満足です！　それより、リタチスタさんやバロウはまだ報酬を受け取っていないんですか？」

貢献する場所が違ったけれど、国から頼られた二人よりも私への支払いが早いのはどうも腑《ふ》に落ちない。

「まだだよ。多分カエデが一番じゃないかな。ちょっとカエデの分だけ急いでもらったんだ。でないと元の世界に帰るまでの時間がどんどん短くなるからね。三人で思い出作りとかパーッと遊ぶなら大金は必要だろう？」

「あ、ありがとうございます」

どうやら無理を言って、私の分の報酬を先に受け取ってくれたらしい。

「ならこの中にはラティさんのお金も入ってますね」

「うむ、妖精の水の分だな」

ラティさんも革袋の硬貨を覗き込む。

「はい」

「今この王都でワシにしか妖精の水が作れないのなら高くても問題ないな。一万タミル貰《もら》おうか」

「はい」

言われた分だけその場で分けると、ちょっといいかな、とリタチスタさんから声がかかった。私とラティさんは揃《そろ》ってリタチスタさんの方へ顔を向ける。

「どうしました？」

「ラティなんだけど、このまま王都に残るつもりはない？」

数回瞬《まばた》きを繰り返す様子から察するに、思いがけない言葉だったようで、首を傾げた。

「それはこの先も、という意味か？　カスミのように？」

「うん。世界広しと言えど進んで妖精の水を差しだす妖精はそういない。君は妖精の水を売ってお金を稼げるわけだから、生活にも困らないと思うんだ」

「森にいた時も生活に困ってなどいなかったが」

「それを言われると弱いなあ……」

もっともな意見だ。

妖精の水が必要なため王都にいてほしいリタチスタさんの気持ちもわかるけれど、森で生活を送っていたラティさんをお金で釣るような誘い方は、全くと言っていいほど効果はない。

リタチスタさんは切り口を変えた。

「ひょっとして、王都での生活も悪くないって思い始めてるんじゃないかと推測したんだけど」

するとラティさんは腕を組んだ。

「なぜそう思ったのだ？　王都に避難してきてからワシはお前と、ろくに話してもいないというのに」

確かにそうだ。ラティさんが王都に来てからリタチスタさんと会話するタイミングはなかった。

どうして興味があるかなんて分かるんだろう。

リタチスタさんはテーブルの上に置かれた荷物を指さした。お金の方でなく、私がラティさんに頼まれて買い物して来た方をだ。

「それ、カエデに頼んでたんだろ？　いい匂いだ、食べ物かな。あとこの部屋に増えてる扉のリースと窓辺に置いてあるガラスの置物も、気に入って飾ってるんだろ」

ラティさんは否定も肯定もしなかった。

「食べたことのないもの、見たことのないもの、今までなかった刺激にワクワクしてるんじゃないかい？」

「……………むう」

図星を指されたようにラティさんは少し唇を尖《とが》らせた。

「住処《すみか》を失ったばかりだし、心情としても簡単には決められないだろうけど、このまま王都で生活してみてはどう？」

「…………」

「検討してくれないかな」

そこからリタチスタさんは、さらに真面目に語った。

「正直なところ、あの焼けた森を見てどう思う？　カエデが元の世界に戻ってゴトーの協力が終わった後、また住める？」

「……難しいだろうと思う。暮らしていけないという意味ではない。前のように、心穏やかな日々をあの姿の森では、到底……」

長く過ごした森に愛着も馴染《なじ》みもあっただろう。ラティさんが心を痛めているのが表情から見て取れた。

「それでも被害のない場所もあった。そちらへ移ることも考えていた」

「うん。でもそれはまだ決定事項じゃないんだね？」

モジモジと、ラティさんは小さな手を何か言いたげに腹の前で動かしている。そして視線もソワソワと落ち着かず、何度か後藤さんに向けられていた。

「正直に言えばここの生活に興味はある。その、いずれは自分で、街を見て回りたいという願望もある」

馬車から外を見たり、そもそもカスミという前例があるから全く不可能ではないと分かっているようだが、カスミには一緒に行動する私やカルデノがいて、でもラティさんには後藤さんだけだ。

物に触れることのできない死霊の後藤さんだけ。

カバンを持ち歩いてもらってその中に隠れることなんてできないし、そもそも死霊が街を出歩くことさえ可能かどうか。

後藤さんをこのまま資料庫から出られない存在にしてしまうくらいなら、名残惜しくてもやはり慣れ親しんだ森に戻るのもいいだろう、その方が後藤さんも窮屈な思いをせずに済むだろうと、ラティさんは考えを告げた。

何とか王都に留《とど》まってほしいだろうリタチスタさんも、さすがに困った様子で帽子の下の顔を指先でかいた。

「これからも気まぐれ程度でいいから妖精の水の提供に協力してもらえたらと思っていたけど、難しそうかな」

「残念だが」

ラティさんが断ると、それまで成り行きを見ていただけの後藤さんがとても不思議そうに口を開いた。

「なんで？　いいじゃん王都にいたって。てっきり貰《もら》ったお金で何かするんだと思ったのに森に戻るって？　王都に来てから楽しそうなのに本当にいいの？」

「そ、それは……」

よくないと、思い残すことがあると、目が語っていた。

「俺のことも考えてくれてるみたいだけどさ、俺はラティが楽しそうならどこだって構わないよ。本当に王都にいなくていいの？」

「…………」

急《せ》かすでもなくただ返答を待つ後藤さんと、言葉を選んでいる様子のラティさんだったけれど、ラティさんが、その、と小さく口を開いた。

「もう少し、王都にいたいと思う。でもそれはここ数日、資料庫でなら安心して過ごせたからだ」

ラティさんが王都に残る大前提として、資料庫か、あるいは資料庫のように安心して過ごせる場所が必要不可欠だ。

場所だけの問題ではなく、後藤さんの事情も理解している私たちのような知人がいることも必要だと言う。

だからお金があって宿が借りられるだけではダメだし、信用できる人が一緒だとしても外に筒抜けの場所はダメ、と。

「それなら私たちが喜んで協力するよ」

リタチスタさんはバロウに目配せしながら言った。

「ここがいいならシズニに部屋を一つ貸してくれるように頼むし、ここでなくて家を用意しろと言うならそうする。他の要求があれば可能な限り叶《かな》える努力をする」

だから残ってほしい、とリタチスタさんから望まれ、ラティさんは今度こそ迷わず頷《うなず》いた。

「よろしく頼む」

「こちらこそ」

そして小さな手で握手を求め、リタチスタさんは笑顔で応じた。

握手が終わると、ラティさんは私の前に移動してきて問う。

「そうと決まれば森に置いたままのゴトー！の持ち物はいつ回収しに行く？　ワシはいつで

もいいぞ」

「あ、そうですね……」

ラティさんの妖精の水は容器などに溜めておけるとしても、採取されてきた天龍草《てんりゅうそう》を使っての生成は私が王都にいなければならなかったため、ここ数日は森に行くのが難しい状況だった。

けれどラティさんの妖精の水は、資料庫だけでなくアスル経由で国に納品されて、ほかの場所でもマキシマムポーションが製造され始めた。そのためほかでも入手が可能になってきて、今なら私も行ける、と頷いた。

「まさか東の森に行くのかい？　私が連れて行こう。移動が大変だろう」

ただ歩くだけでも大変な森の惨状を思い出せば、リタチスタさんの申し出はありがたかった。

「気持ちはとっても嬉《うれ》しいんですけど、リタチスタさんの体調はどうですか？」

「もう平気だよ」

安心させるように、笑顔と一緒に力こぶを見せるようにグッと腕を持ち上げる。無理をしている様子はない。

「じゃあ、お願いします。私も森にはいつでも行けますので」

「そうか。なら今からでも問題ないね。バロウは万が一の有事に備えて、念のためゴトーと一緒に資料庫で留守番ってことで」

「ああ、分かった」

私たちはリタチスタさんの所有する荷台に乗り込み、空を飛んだ。

ラティさんは珍しそうに街を見下ろしていたが、じきに荷台が王都の外へ移動すると、森の方に目が向く。ラティさんを探すために実際に森を一度歩いているとはいえ、こうして見下ろすとその被害の大きさがよく分かる。

燃えたりなぎ倒されたりした木々があるが、まるでドラゴンが自分が歩き回った場所を記そうとでもしたかのようだ。火は見えないけれど、くすぶっているのか、今も所々から煙が立ち上っている。最初にドラゴンを抑え込んでいた辺りはすぐに分かるほど焼け焦げて真っ黒になって、大きな鳥の巣のように地ならしされている。

あんな滅茶苦茶な場所をよく歩き通したものだと、自分で自分に感心した。

外を覗《のぞ》くのをやめ、元の体勢に戻る。

「そういえば、あんな大きなドラゴンがどこから来たかとかの調査って、始まってるんですか？」

リタチスタさんも森を見て胸を痛めていたのか、神妙な面持ちでこちらへ目を向けた。

「始まってるよ。私はそっちの分野に詳しいわけじゃないからあまり知らないけど、なぜかガーバルクが現れたことを思えば、少なくとも他の国から来たんだろうね」

「ガーバルク？」

聞き覚えのない名前に首を傾げる。

「カルデノの腕を食いちぎったトカゲみたいなやつだよ」

「あのトカゲ……」

無意識にカルデノの左腕に目が向く。

「大量にいたわけじゃなさそうだから、ドラゴンが体にくっつけたままここまで移動して来た可能性も否定できない」

「あんなに大きい体でしたからね」

どんな経緯かは想像できないけれど、体にくっつけたまま飛んで来たなら、落下することもなく一緒に来てしまったわけだ。

「十年前にもドラゴンがどこから現れたのか特定するのに時間がかかったから、今回もだろうなあ」

「あんなに大きいのに……」

大きくて珍しいから存在は知られていただろう。また飛んでいれば姿も目立つはずなのに、どこから来たか分からないとは不思議だ。

「確かに大きく感じるだろうけど、世界はもっと大きくて、それなのに人が住んでいる場所なんてその中でもごく一部なんだ。まだまだ未開の土地や誰も見たことのない洞窟があるのだから、それほど不思議でもないんだよ」

リタチスタさんの言う通り、街と街の間にはかなりの距離があったり、魔力溜まりだとかで人の近寄らない場所もある。

「それにドラゴンの数そのものも減りつつある」

一つの種族が姿を消しつつある現状なら、保護のために動いたり、絶滅だけはさせまいと動きを見せるものだが、でも、あの焼け落ちた森を見た後だと何も言えなくなる。

少ししてラティさんが、かつて泉だった場所を見つけ、そこから荷台を置けそうな場所を探して少し離れる。

不安定な場所ながら荷台を下ろすと、そこからは自分たちの目で、後藤さんの住んでいた大きなウロのある木を探し始める。

この辺は燃えた木はほとんどないので、きっと後藤さんの持ち物が燃えてなくなっている可能性は低いだろう。

代わりに折り重なった木がいくつもあって、足場が不安定なためゆっくりとした捜索になり、自由に飛び回れるラティさんとカスミが頼りだった。

数十分ほどした頃、私たちから二、三十メートル離れた場所で、ラティさんが大きな身振りと声で知らせてきた。

「あった！　きっとここだ、入口に垂らしていた布が見える！」

無事に見つかったことを喜んでラティさんのもとへ駆けつけるが、目的の大きなウロのある木は根元から折れて倒れ、その上に他の木々が重なり、確かに入口に垂らしていた布が見えはするものの、入るのは難しそうだった。

「ラティさんとカスミの小ささなら入れるだろうけど」

「ワシもカスミも小さいからこそ、重たい物を運び出すことはできんぞ」

「ですよね……」

頭を悩ませていると、わざとらしい笑い声が聞こえた。

「フフフ」

私たちが何だ何だと視線を注ぐと、リタチスタさんが得意げに、重なった木の一本に手を触れた。

「ここは私に任せるといい」

言うや否や、手の触れた木をまるで中身の入っていない紙の筒みたいに軽々とすくい上げ、脇にポイと次々に投げていく。

「わっ、すごい……」

一本一本が森の暗がりを作るほど太くて大きい木ばかりなのに、やっぱり魔法に不可能はないんだと思わせられて素直に出て来た言葉だったが、これは荷台を浮かしている魔法と同じもので、浮かせた木をどけているだけだと言われた。

「さすがリタチスタさんですね」

「まあね」

まんざらでもなさそうだ。

そして大きなウロに入るのを邪魔するものはなくなり、念のため、とリタチスタさんが先に中を確認することになった。

「ん、何もいないね、空間も保持されてるし問題ない」

全員で中に入ろうとするが、木自体が倒れているために中は斜めになって歩きづらく、荷物もぐちゃっと寄っていて、私がリタチスタさんと入れ替わるように入って、ラティさんも荷物を改める。

床にクッション性を持たせるために敷き詰められていた葉っぱをかき回し、葉の下にバラバラに埋まっていた荷物をいくつか取り出す。

着替えや毛布などはこの世界に来てからのものなので、元の世界へは持ち帰らないだろうから次から次に横へどけていくと、残ったのは、少し汚れた白い厚手の布にくるんで紐《ひも》で縛った物。

念のためもう一度見逃した物がないか確認したけれど、このたった一つだけ。

「これですかね？」

「うむ、これは見たことがないな」

「ラティさんもですか」

厚手の布にくるまれた物は、厚みのある本のような綺麗《きれい》な長方形。持ち上げて揺らすとコトコト音がする。

紐をほどいてくるんでいる布をめくると、衣服の一部であったかのようにボタンが一つ縫い付けられていた。

もしかしたらこの世界に来た時身に着けていた衣服の一部だろうか。

布の中には薄い木箱が入っていた。

地面に置いてパカッと蓋を開く。

「あっ」

「……これは？」

ラティさんは中身を見て首を傾げた。

「きっと後藤さんが言ってたのこれですよ！」

ラティさんが首を傾げるのも無理はない、中身は携帯電話と黒い長財布、数本の鍵が納められたキーケース。

「これがそうなのか」

「無事に見つけられて良かったです。後藤さんもきっと喜びますね」

「ああ、そうだな」

木箱のまま外に持ち出すと、残る三人も会話が聞こえていたらしく、無事に見つかって良かったと同じように言ってくれた。

これで、無事に目的の物を回収できた。

すぐに資料庫へ戻り、木箱を研究室のテーブルの上で開いて後藤さんに見せた。

「うわあ、懐かしい！　俺の財布何が入ってたっけなあ」

後藤さんは目を輝かせて財布を指さし、中を確かめたいと言うので、私が代表して財布の中身をテーブルに広げた。

レシートとお店のポイントカードが数枚、どこかの割引券、現金や身分証などなど。キーケースの中の鍵、もう電源の入らない携帯電話も、すごく懐かしいと後藤さんはとても喜んでいた。

一通り眺めてから満足したようで、出した中身を財布に戻す。

「あ、これはさ、カエデちゃんが帰る時まで預かってもらっていいかな？」

「え？　私がですか？」

「うん、あっ、邪魔だったら断ってくれていいけど、どうせカエデちゃんには一緒に持って行ってもらうつもりでいるし」

「はい大丈夫ですよ、分かりました。あっ、そうだ、誰か届けてほしい人とか、場所はありますか？」

「なら俺の家……」

後藤さんは、ハッとして時間が止まったように固まり、申し訳なさそうに眉間《みけん》に皺《しわ》を寄せた。

「いや、そんな申し訳ないし。そうだな、拾ったとか言って交番にでも届けてくれたらいいからさ」

「え、家に届けてほしいんじゃ？」

そこまで言いかけていればもう言ったも同然。

けれど後藤さんは、首を縦に振らなかった。

「ああいや、ほんと聞かなかったことにしていいから。ちょっと親と折り合い悪かったの思い出したし……」

気まずさをごまかすように苦笑いして、リタチスタさんからも、そんなこともあるよ、と言われたため、それ以上しつこく問い詰めることはせず木箱はそのまま私が預かることとなった。

手に持った木箱を見ていると、バロウはどこに住んでいたんだろうと気になった。

第五章　盗難

避難のため、王都から離れた魔術師のコニーさんとラビアルさんを呼び戻すために手紙を出して数日が経過したが、二人は一向に戻って来ず、返事もない。

「遅いよねえ」

資料庫に入ろうと扉を開けて片足を中に踏み入れようとした途端、待ち構えていたリタチスタさんに言われた。

「え、はい？」

今日ここに来るのが遅いと言われたのだと思った。

一歩後ろのカルデノに確認するように顔を向けたけれど、カルデノも心当たりなどないだろうから、不思議そうに首を傾げていた。

懐中時計で確認するも、時刻は午前九時。いつもと変わらない時間だっただけに、余計混乱してしまう。

「あの、今日って何か約束してましたっけ……？　遅れて来たつもりとかは……、ないんですけど」

「コニーとラビアルだよ」

ため息をつきながら腕を組んだリタチスタさんは、それこそ何年も待ち続けてくたびれ果てたように遠くを見ていた。

「あ、そっか、もう手紙を出して今日で、えーと……」

「七日になる」

組んだ腕の指先が、何か考えるようにトントンと動いていた。

避難している村か町まで二日もあれば手紙は届くと聞いていたし、それから王都に向かっているとすると、七日とは、確かに時間がかかりすぎている。

「馬車が遅れてるとかでしょうか？」

「いや、昨日駅まで確認に行ったんだけど、特に遅れてるってことはないらしいんだ」

「それは心配ですね」

一度不安に思うと止まらない。今日はリタチスタさんたちの手伝いを中断して、私たちが戻って来ない二人の行方《ゆくえ》を探してはどうだろうと口に出すより先に、リタチスタさんが口を開いた。

「……よし」

覚悟を秘めた、重々しい一言だった。

「研究室に籠もり続けて肩が凝ったことだし、二人を探しに行こうか」

口に出した理由はなんとも軽いが、戻らない二人を心配しているのだ。

「カエデたちも一緒に来ない？　道中一人なのは寂しいからさ」

「私はもちろん行きます。カルデノとカスミはどう？」

カルデノを振り返る。

「ああ、私も同行する」

「わたしも！」

カルデノ、ココルカバンの中からのカスミ、両方の返事でリタチスタさんは二階へ向かって歩き始めた。

「バロウに出かけると伝えてくる」

「分かりました、じゃあ外で待ってますね」

「ああ」

リタチスタさんの背中を見送ってから、カルデノと外へ出る。

少ししてリタチスタさんも外へ出て来て、バロウとの会話を簡単に教えてくれた。

「バロウも疲れてたみたいだ。私が外へ行くなら少し寝て休むってさ。二人をよろしくって」

「バロウもコニーさんたちのこと、心配してたんですね」

「だね、ちょっと遅くないかと言い出したのもバロウが先だったんだ」

荷台が置いてある裏庭へと歩き出したリタチスタさんの後ろを追いかけるように、私たちも歩き出した。

乗り込むとすぐに浮上した荷台だが、進み始める前にリタチスタさんが言う。

「真っ直ぐ王都を出ようかと思ったんだけど、その前に一応、馬車が発着する駅に二人が到着していないか見に行こうか。入れ違いになるのはいやだし」

「そうですね」

徒歩では時間のかかる駅までの道のりも、リタチスタさんの操る荷台ならあっという間。一応と言うだけあって、上空からおざなりに、チラっと下を見ただけのリタチスタさんだったが、あっ、と声を漏らした。

「あれ、コニーとラビアルじゃないかい？」

私たちにも確認を求めてチョイチョイと手招きするので、カルデノと下を覗《のぞ》き込む。

ドラゴンが出現したことで王都から逃げ出した多くの人がちょうど戻ってきているのか、駅の前は人が多い。リタチスタさんがどこを指さしているのか理解するのも一苦労な中で、簡単に荷台を降ろせる場所もなく、リタチスタさんの指さす先を探す。

「ほら、あそこの男数人に絡まれてる二人だよ」

「ん、いるな。確かに二人によく似てる。本人だろうな」

目の良いカルデノが先に理解し、その後すぐに私も見つけた。

「本当だ、二人とも無事に王都へ来てたんですね」

「うん。それは喜ばしいけど、なんで絡まれてるんだろう」

コニーさんたちは行く手を阻《はば》まれているらしく、左右にズレて先へ進もうとしては進行方向を塞がれ、距離があるため声こそ聞こえないものの、体の大きな動きなどからコニーさんが一方的に怒鳴っているようにも見える。

「と、止めに入った方がよさそうな雰囲気なような……」

「うーん、確かに」

あくまでも冷静なリタチスタさんは少しだけ周囲を見渡して、近くで一番高さのある建物の屋根に荷台を寄せた。

「カルデノ、君が先にコニーたちのところへ行って、何を争ってるか聞きながら止めてくれないかな、私はこの荷台を置く場所を探さなきゃならない」

突然指名されたカルデノは、少し間《ま》を開けて、素直に頷《うなず》いた。

「分かった。で、ここから降りろと？」

指さして確認したのは三階建ての建物の屋根。ここからどうぞと言わんばかりに荷台を寄せられているのだ、そうに違いない。

下では不思議そうにこちらを見上げる通行人が多いものの、リタチスタさんにとって気になる要素ではないらしい。もちろん、と笑顔でカルデノに返事をした。

カルデノは仕方なさそうに屋根へ飛び移り、そこからヒョイヒョイと身軽に別の建物の屋根やベランダへ移動して、あっという間に地上へ着地し、スタスタとコニーさんたちの方へ向かう。そんなに距離はないため、すぐ止めに入ってくれるだろう。

「さて、この荷台はどこへ置いたらいいか。こんなことなら徒歩で駅を確認するべきだったなあ」

リタチスタさんが呟《つぶや》く。

その後すぐ、駅から少し離れた路上に荷台を置いて小走りにコニーさんたちのところへ向かうと、コニーさんとラビアルさん、それと見知らぬ二人の男の間にカルデノが立ち、カルデノは訝《いぶか》しげな表情をしていた。

「だから俺たちは……」

「やあ、ありがとうカルデノ」

リタチスタさんが見知らぬ二人の男の言葉を遮《さえぎ》って、自分の存在を主張するように声を張った。リタチスタさんの顔を見るや否や二人の男はそそくさと立ち去り、それまでの執《しつ》拗《よう》さが嘘《うそ》のようだった。

「……？」

リタチスタさんも私と同じことを思ったのか、少し首を傾げた。

「遅くなってすみませんでした。馬車を利用する人が多くて、移動が今日まで伸びてしまって。かと思えば到着してすぐ変なのに声をかけられるし……」

コニーさんたちが遅れたのは、大した理由ではなかったので何よりなのだが、リタチスタさんはその次の言葉に反応を見せた。

「変なのって、今の二人組の男のことだよね？」

「うん」

小さく頷《うなず》き、コニーさんは男たちが去った方を睨《にら》みながら口を開いた。

「どうしてか、本当に到着してすぐに声をかけられたんだ」

「なんて言われたの？」

「自分たちはバロウとリタチスタの古い知り合いだって」

本当なのかと問われるが、リタチスタさんは顎に手を当てて考えたまま、何も答えなかった。

気にせずコニーさんは続ける。

「最近、資料庫での動きが盛んなことを知っていたみたいで、何をしているのか教えてほしいってことだったけど、そもそも知り合いならバロウかリタチスタのどっちかに直接聞けばいい話でしょ。怪しいと思ったから僕もラビアルも何も教えなかったんだけど、ちょっと気味が悪いよ」

寒けを払拭するように二の腕を擦《こす》る動作をする。

「うーん……」

コニーさんの話を聞き終え、リタチスタさんは変わらず顎に手を当てたまま大きく空を仰いだ。

何事かと全員の目がリタチスタさんに集まる。

「言われてみればさっきの二人、見たことがあるような……、けど、ないような……」

「えっ、じゃあ知り合いっていうのは本当だったってことですか？　もしかして大切な用事があったとか？」

「いや」

私の問いにリタチスタさんは首を横に振って否定した。

「大切な用事なら、それこそ資料庫を直接訪ねるべきだろうし、私と顔を合わせたんだから、さっき用件を伝えてきたはずだ」

「それもそうですね」

「気になるんなら、今からでも追いかけて聞けばどうだ？」

カルデノがそう言って男たちが去った方を指さす。

まだ五分も経《た》っていないとはいえ大人の足だ、もう相当な距離ができただろうし、追い付くのは難しいだろう。しかし名案とばかりにリタチスタさんは顎に当てていた手の人差し指をピンと立てた。

「よし追いかけよう！　頼りは君の嗅覚《きゅうかく》だカルデノ！」

っている。

カルデノはすぐに返事をしなかった。顔を見てみると若干面倒そうで、口角が少し下が

「……言い出したのは私だからな」

仕方なさそうにため息交じりで言うと、カルデノ自ら先頭に立ち、男たちが立ち去った後を追う。

「まさか本当に追ってくれるなんて……。この人混みなのによほど嗅覚《きゅうかく》に自信が？」

リタチスタさんがカルデノの嗅覚を頼ると言ったこと自体、冗談だったのか、カルデノの横に並んで歩きながら、意外そうに尋ねた。

「ああ、少し特徴的な匂いがしてたんでな」

「特徴的？」

少し後ろを歩くコニーさんとラビアルさんにも確認するようにリタチスタさんが目を向けるが、二人は全く気が付かなかったと、首を横に振った。

「薬品、と言えばいいのか、様々な薬草の混じったような、薬屋のような匂いだ」

「薬草を扱うってことか？　それか薬屋にでも出入りしてるのか？」

独り言のようにブツブツ言ったあと、リタチスタさんは器用にも歩いたまま目を瞑《つぶ》って腕を組み、考え始めた。

「もしかして思い出せそうなの？　さっきの男がどこの誰なのか」

「そうなんだと思うけど、うーん……」

コニーさんに話しかけられ、歯切れ悪く答える。

「古くからの知り合いと言ってたのが本当だとしても、そんなの王都じゃアルベルム先生の研究所でしか……、ん？」

ピタリと、リタチスタさんが立ち止まった。合わせて私たち全員も立ち止まり、視線はリタチスタさんに集まる。

「思い出した。いたな、そういえば。多分昔、先生の研究所で見た顔だ」

「ええ？　ってことは本当に知り合いで、単純にリタチスタが忘れてただけってこと？」

「忘れてたことは否定しないよ。けど結局二か月くらいしかいなかったんだから、思い出した私を褒めてほしいくらいだ」

二か月とはまた短い期間だと思った。

「それじゃあ、さっきの人たちはアルベルムさんのところへ来てせっかく弟子になったのに、出て行ってしまったってことですか？」

リタチスタさんが随分と慕っている先生だし、魔法の世界では有名な人の弟子になれたのに、それだけさまざまな人がいるということだろう。

けれど私の疑問に対してリタチスタさんから帰って来た返答は、予想もしないものだった。

「出て行ったというより、追い出されたんじゃなかったかな。理由がなんだったか……、確か……」

　数秒考え込み、頭の隅から記憶が引き出される。

「先生に助言を求めるための、誰かの作りかけだった魔法を盗んだんじゃなかったかな」

　コニーさんとラビアルさんは愕然《がくぜん》とした様子だが、私とカルデノは揃《そろ》って首を傾げた。

「盗む？　魔法は盗めるものなのか？」

　カルデノの問いにリタチスタさんはしっかりと頷《うなず》いた。

「そうだね、カエデたちはもしかして実体のない物を盗むって想像しているのかもしれないけど、もっと分かりやすいんだ。私とバロウが今作っている魔法だって陣として完成する前に紙に書き起こしてるだろう？　後は陣として魔法で実際に効果を確認するだけって段階で盗まれて、しかもそれを自分が作ったと偽ったんだ」

　その時は魔法を盗まれた人が先生に細かく助言を求めていたため、アルベルムさんがそれを盗んだ物だと気づいて、無事に作っていた人の手に戻ったらしいが、それが原因で研究所を追い出されたのだそうだ。

「そんな盗人《ぬすっと》が今更……」

　言いながらリタチスタさんは振り返った。視線の先にはこれといったものもない。でも、資料庫がある方角を見ているように思う。

「さっきの男の行方《ゆくえ》を追うより、先に資料庫へ戻ろう。何となく嫌な予感がするんだ」

リタチスタさんの一言で、私たちは駅から少し離れた場所に置いた荷台へ急いだ。全員で乗り込んで資料庫に戻るまでの間、リタチスタさんが口にした嫌な予感は、きっと皆の脳裏を過《よぎ》っただろう。

いつもなら資料庫の裏庭へ荷台を置くが、相当急いでいたのだろう、正面にドンと荷台を置いて真っ先に飛び出したのはリタチスタさんで、勢いを殺すことなく資料庫の中へ。

私たちも中へ入ると、ちょうどバタバタと足音を立てて二階への階段を駆け上るリタチスタさんの背中が見えて、コニーさんとラビアルさんも二階へ向かう。

「あれ？　シズニさんがいないね」

大抵はこの資料庫にいるシズニさんだが、今は姿が見えない。

「私たちが来た時からいなかったぞ」

「そういえばそうだった」

今日は資料庫に来るとすぐにリタチスタさんが待ち構えていたので、気に留めていなかった。

「随分騒がしいけど、何かあった？」

バロウが一階の寝室から顔を覗《のぞ》かせ、私とカルデノの顔を確認すると、寝ぼけ眼《まなこ》ながら不思議そうに、あれ？　と声を漏らした。

「リタチスタと一緒にコニーたちを探しに行ったんじゃなかった？」

「あ、それが一緒に駅を確認してみたら、コニーさんたちはちょうど今日、王都に到着したんです」

「それは良かった、何事もなかったんだね」

「まあ、その、良かったは良かったんですけど」

何事もなかったというのは正しくない。なんと説明したらいいか頭の中で纏《まと》めているうちに、バロウが見える範囲だけをキョロキョロ目で探して、リタチスタさんどころかコニーさんたちもいないことに気付いた。

「リタチスタたちは？」

「リタチスタさんは今、二階に行きました」

「さっきの騒がしい足音はリタチスタか。慌ただしいなんて珍しいな」

「それがですね、ちょっと駅で変なことがあって」

「変なこと？」

「はい」

私は駅での出来事をバロウに話した。

「昔、研究所で魔法を盗んだ男？」

「はい。リタチスタさんもかろうじて思い出したって感じで」

そこに、カルデノが感じたことも付け加えた。

「様子も若干変だったな」

「そりゃ、突然逃げるなんてのは様子がおかしい以外にないだろうけど」

寝室から出て来たバロウと三人で立ち話をしていたところ、リタチスタさんの足音が二階から下りて来た。

「バロウ！」

そして開口一番、叫ぶようにバロウの名前を呼んだ。

「え、なに？」

ズンズンと大股でバロウ目掛けて進んでくるリタチスタさんは迫力があって、私もカルデノも、目的地になっているバロウから思わず一歩距離を取った。

「私たちがここを出てから誰か来た？」

冷静ながら、表情は真剣そのものだった。リタチスタさんの後ろからソロリと気配を消してやって来たコニーさんたちも、どうも顔色が悪い。

「保管していた転移魔法の設計書がないんだ」

嫌な予感が的中した。

「は？」

バロウは言葉の意味を瞬時には理解できなかったらしく、リタチスタさんはもう一度繰り返した。

「転移魔法の設計書がない。盗まれたかもしれない」

「……うそだろ」

バロウはヨタッと走り出し、二階へ駆け上がる。

研究室の中はいつも乱雑に物が纏《まと》められているから、一見して荒らされたように見えなかったけれど、リタチスタさんいわく物が動かされた形跡があるらしい。明らかに、ばれないように綺麗《きれい》に元の位置に戻されているのだと。

重要な物を入れておくための鍵付きの戸棚は、今は開け放たれている。その前で額に手を当てたまま動かないバロウの肩にリタチスタさんがポンと手を置く。バロウは大袈裟《おおげさ》なほどビクリと肩を跳ねさせた。

「今日、誰か来た？」

「い、いや、俺はリタチスタが出てからすぐに寝たから、分からない。悪い、すまない」

か細い声で謝罪。

「コニー、ラビアル。シズニとギロは今日休んでるんだけど、連れて来てくれないかな」

「わ、分かった」

コニーさんとラビアルさんが資料庫を出てすぐ、リタチスタさんは研究室の窓から外を見た。

「バロウ、ゴトーとラティは？」

もしかしたら研究室に侵入した人物の顔を見ているかもしれないとの期待があった。

「多分、敷地内を散歩してると思う」

「そう」

リタチスタさんが窓に向かってスウッと大きく息を吸う。

「ゴトー！　ラティ！　ちょっと来てくれないかー！」

きっと姿は見えないはずだ、それでもどこか遠くから声がする。私にはなんと返ってきたのか分からなかったけれど、リタチスタさんが続ける。

「ちょっと聞きたいことがある。ここ、研究室に戻って来てほしいんだ」

それから少しして、庭を散歩していた後藤さんとラティさんが戻って来たため、リタチスタさんがさっそく二人に聞く。

「二人とも、散歩している時に知らない人がここに来たりはしなかったかい？」

研究室に呼び戻されて早々の質問に、後藤さんとラティさんはお互いに顔を見合わせ、答えたのはラティさんだった。

「確かに来ていたな、男だった」

「一人？」

「いや、二人だ。一人は随分と若かったように思うが」

「若者も……」

　リタチスタさんはどこか腑《ふ》に落ちない様子。

「あの。もしかしてここの関係者とか、誰かの知り合いだと思ってたけど、そんな質問されるってことはもしかして、不審者だったとか……」

「不審者には違いないね。魔法を盗まれたんだ」

　もちろん、そんな説明をされた後藤さんとラティさんはキョトン顔。本日二度目の説明がされた。説明が進めば進むほど後藤さんの顔色はみるみる悪くなり、説明が終わる頃には額に手を当てて、そして小さな声で謝った。

「す、すみませんでした。誰かの知り合いだとか思わないで知らせていれば、こんなことにならなかったかもしれないのに。あ、でも確かに裏口の方の通路から入って来て、ちょっと変かなとも思ったけど、でも不審な挙動もなかったから……」

「裏口？」

「あ、俺ちょっと見てくる」

　リタチスタさんの呟《つぶや》きに反応して、バロウが部屋から出て、自ら裏口を確認した結果、扉を壊されていたようだった。

「取っ手が引っこ抜かれてるし壁も扉も一部削られてるし、あんな大胆なことして不審な挙動もなしで資料庫の中を歩けるとはな……」

「ほんとすみません」

バロウばそんな後藤さんに首を横に振ってみせた。

「謝ることじゃない」

「そうだよ。そもそも取り扱い方に問題があった私とバロウも悪いんだから」

「俺も、資料庫には誰も、自分以外いないことを忘れて寝たのも問題だろうし」

とは言っても、とバロウは戸棚に目を移す。

「研究室はこの戸棚以外に荒らされた形跡はないんだから、最初からここに目当ての物があると確信して侵入したはずだ。隠匿書にして見かけは真っ白な紙のはずなのに、どうして盗まれんだよ……」

「バレないように、今までも何度か侵入を繰り返している可能性もあるんじゃないかい？だからその場で内容の確認ができなかったとしても設計書であることは知ってたし他の資料に手を出さなかったとか」

「だな」

バロウとリタチスタさんの間でどんどん会話が進み、その間、同じ空間で二人以外が口を開くことはなかった。

「今のところ大きな手がかりとしては、コニーたちを探しに向かった駅で出くわした男が、昔ここが研究所だった頃に見た奴だってことかな」

どこの誰なのか分かってさえいれば、まだ王都にいることだろうし調べようがある。

「じゃ、その男の素性《すじょう》は？」

バロウは期待に満ちた眼差《まなざ》しでリタチスタさんに問う。

「知らない」

「……え？」

リタチスタさんが言ったことがわからないというように、バロウの表情が固まった。

「だから、知らない……」

リタチスタさんは若干バロウから目を逸《そ》らした。髪の毛先を指にクルクル巻いてうろたえる姿なんて見たことがなくて、気まずそうにしている。

「お、思い出せよ！　そこが重要だろ⁉」

バロウが張り上げた声が、キンと耳に刺さる。

私たちはともかく、迷惑そうな表情で両耳を手のひらで塞いでいたリタチスタさんがそっと両手をおろす。

「急に大きな声を出さないでくれないかな」

「仕方ないだろ……！」

「仕方ないだろはこっちのセリフだ。思い出すなんて不可能なんだから」

それを聞いてバロウは小さく首を傾げた。

「……記憶力の問題か？」

「カチンときちゃったけど仕返しは今度にしよう。知らないってのは言葉の通りだよ。顔しか知らないんだ。親しくなかったし興味のある分野もきっと違ったし話したこともない。たまたま同じ研究所にいただけの赤の他人だ」

「とはいえ、名前の一回くらい耳に入ったことはあるだろ？」

なかなか無茶を言う。リタチスタさんも同じことを思ったのだろうか眉間《みけん》に皺《しわ》が寄る。けれど即座に否定することなく、リタチスタさんは目を閉じて腕を組む。

「………………」

長い沈黙が流れる。

「タ、とかなんとか……？」

たった一文字、絞り出されたのはおそらく名前の一部なのだろうが、それではとても足りない。

「せめて頭文字かどうかだけでも分からないか？」

バロウの願いもむなしく、リタチスタさんは否定するために首を横に振った。

「そうか」

バロウは細く長く息を吐いた。

「なら、シズニが何か知ってるか、そこから始めるとするか」

私たちは、コニーさんたちが戻って来るのを静かに待った。

「ああ、そんな人もいたかな。確か研究所時代の名簿があるはずだから見てみよう」

シズニさんが、やって来て早々の質問に答えた。

「名簿なんてあるのか」

バロウが返すと、リタチスタさんもバロウに同意するようにウンウンと頷《うなず》く。どうやら少なくとも二人は名簿の存在を知らなかったようだ。

ギロさんも、一緒に戻って来たコニーさんたちから道中で事情は聞いていたらしく、魔法を盗まれたと聞いてもさほど驚いている様子はない。私の名前も載ってるかなーなんて言うリタチスタさんを、シズニさんがバッサリ切る。

「その名簿には載ってないよ、君は悪人じゃないから」

「え？」

首を傾げるリタチスタさんには構わず、少し待つようにと言って、シズニさんは奥の部屋へ行く。資料庫の入口付近から動かず待っていると、数枚の紙が挟まった薄い本を持って戻ってきた。

「これがその名簿だよ。心当たりのある名前があるといいんだけど」

そう言って開いた紙には、名前、住所、出身、生年月日など、数十名もの個人情報が数枚にわたって記されていた。それをリタチスタさんが受け取り、バロウやコニーさんたちと共に覗《のぞ》き込む。

「研究所だった頃に問題を起こした悪人の名前が並んでるってことだよな？」

「ああ、問題を起こして追い出された者の名簿、と言うのが正しいかな」

バロウとシズニさんの会話が耳に入っていないのか、リタチスタさんは一つ一つを指さしながら、名前の音を確かめるように読み上げる。

「カンベル、ジナ、ファバル、ロー……」
ツ、ツと徐々に下がる指がピタリと止まる。
「タイラス」

リタチスタさんが一文字だけ耳で覚えていた「タ」の文字も入っている。それにこの名簿の中で「タ」の付く男性名はたった一人だけ。

「今の年齢は四十二。駅で見た男もそのくらいだったし、間違いない、あれはタイラスだ。名簿の住所は古いかもしれないけどまずはここから探して……」

「ちょ、ちょっと待ってよ」

リタチスタさんの言葉を遮《さえぎ》ったのはコニーさんだった。

「リタチスタがあの変な男を疑うのは分かるよ。過去に盗みを働いてるし、今になって親しいフリして近づいてきたし、資料庫で盗まれた物もある。偶然なんて思えないしそのタイラスって奴が関わってる可能性もすごく高いだろうし。けど仮に本人を問い詰めたとしても、しらばっくれるに決まってる」

コニーさんの言う通り、タイラスは駅で会った時から怪しかった。とはいっても盗みの現場は見ていないし、何よりリタチスタさんが飛ばす荷台より速く駅から資料庫へ行き、なおかつ盗みを働いたとは考えづらい。

あの鍵付きの棚はリタチスタさんとバロウが毎日使っている場所だから、何かなくなればすぐに分かる。今朝もバロウがあの棚の中の物を触ったらしいので、それより前に盗まれたわけでもない。

「コニーの心配通りタイラスは多分、自分で資料庫には来ていないだろうと思う。そうなると共犯がいたはずで、そいつらを見つけてタイラスとの関係を聞き出せばいい」

「聞き出すって、どうやって」

「うーん。本当なら大人数で探したいところだけど、ここには今八人しかいないし、また資料庫を留守にするわけにはいかない」

リタチスタさんは手に持った名簿に目を落とす。

「この住所、今も住んでいるかな」

「行くつもりか？」

「うん」

バロウの問いにリタチスタさんは一度頷《うなず》いた。

「なら一緒に……」

「いや」

そして次に、同行を申し出ようとしたコニーさんの言葉を遮《さえぎ》った。

「タイラスの家にはバロウとカエデたちを連れて行く。コニーたちは王都に残っている研究仲間に、タイラスのことを知らないか聞いてみてくれないかな。それから資料庫には最低一人は留守番を頼む」

素早く役割を振ると、私たちはリタチスタさんと共に資料庫を出た。

そしてそのまま、資料庫の真ん前に置かれたリタチスタさんの荷台に乗り込む。

腰を落ち着けるより前にバロウが口を開いた。

「なあ、あの設計書、すぐに内容がバレると思うか?」

いつになく真剣な声だった。

「…………いや」

リタチスタさんは少し考えたうえでそう答えた。

「誰も別の世界がある前提であの転移魔法の設計書を見たりはしないはずだ。私がバロウの書いた覚え書きを見て勘違いしたみたいに、好きな場所へ転移できる魔法を作っていると思うだろうね。意味の分からない部分に関しては未完成ってことにされるだろうし、何より隠匿書にしていたのが大きい」

ただ、それでもバロウの心配そうな表情は消えない。

「何か、気にかかることがあるんですか？」

「ん、ああ」

問うと、バロウはこちらに目を向けた。

「設計書を取り返せたとしても、万が一隠匿書を解除して完璧に記憶してたら」

「そんなのあり得ないだろうけど、もしそうなったらタイラスの記憶を消さなきゃならないかな」

リタチスタさんが何でもないように言ったが、どうやって記憶を？　って疑問が出てくる。それはバロウも同じようだった。

「記憶を操作する魔法でもあるのか？」

「まさか。これだよ、これ」

言いながら、リタチスタさんは固く握った拳をブンブンと頭上から数回振り下ろす。

「原始的すぎるだろ……」

名簿に書かれていた住所に向かうために荷台が空に浮き、ゆっくりと動き始めた。

「ところで、カエデたちを資料庫で留守番させなかったのは、この面子《メンツ》だけで話すことがあったからなんだけれど」

「はい、話?」

「バロウはコニーたちに、私たちが今作ってる転移魔法について、どんな説明をしてるんだったかな」

「アルベルム先生が作りかけて残していた転移魔法が見つかったから、完全にするため、と言ってあるけど」

「なるほど。ちなみにカエデとカルデノは、資料庫で異世界間転移魔法を作っているだとかを雑談でも話したことはあるかい?」

私はカルデノと顔を見合わせた。

「……いえ」

日々のたわいない会話で、絶対にとは言えないけれど、それでも記憶の限りではそう言えた。

「ならひとまずは安心してもいいかな。もし仮にそんな話がどこかで聞かれていたとして、別の世界って言葉に興味をひかれる可能性だってある」

「あー、確かにそこで必要になるのが記憶の情報ってことと、カエデさんや後藤さんが結びつくのは危ないよな。仮にこの世界が危機的な食糧不足だったとしたら何が何でも別の世界への道は欲しいからな」

「いや、はは、それはさすがに考えすだぎと思うけれどどね」

「で、ですよね」

あはは、と私たちは軽く笑い合った。

名簿にあった住所は駅から遠く、近所にお店もなく、大きな通りからは距離のある、古い家屋が混み合って建つ場所だった。

荷台を適当な場所に置いた後、徒歩での移動となった。

「この家のようだね」

バロウとリタチスタさんが戸を叩《たた》いた家は、とても人が住んでいるとは思えないほどにボロボロで、せいぜい物置といったところだ。

「想定はしてたけど、やっぱあんな昔の名簿の住所なんて古すぎて役に立たなかったみたいだね」

なんて言いながら、念のためなのかリタチスタさんはコンコンと古びた玄関の扉をノックした。当然、中から返答などない。

「あ」

ノックしただけなのに、扉はまるで立てかけてあっただけのようにゆっくりと家の中へ傾き、バタンと倒れた。

「こりゃひどいオンボロだねえ」

腰を曲げて家の中を覗《のぞ》き込むリタチスタさんとバロウ。見事に何もない。埃《ほこり》が積もっている以外に何も物はなかった。

「中に何か俺たちに都合のいい手がかりでもあれば……」

そんな時、ちょうどこの辺りの家に帰って来たのであろう年配の女性が、私とカルデノの後ろから話しかけてきた。

「ちょっとあなたたち、空き家だからって扉壊しちゃダメじゃない」

カルデノが一番に反応して振り返った。

「聞きたいんだが、ここは随分前から空き家なのか？」

「え？　ええそうね。私この辺に住んでるから、それは確かよ」

女性は不思議そうに答えた。

「もしかして、あのタイラスの友達か何か？」

友人関係を疑うと同時に、不審の目を向けてくる。

「いいや。だがそのタイラスに用があるには違いない」

「ちょっとすまないんだけど、タイラスを知ってるのかい？」

空き家の中を覗いていたリタチスタさんが、カルデノと入れ替わるように女性の前に立って聞いた。

「知ってるよ、親しいわけじゃないけど、一時は有名な何とかって人に弟子入りしたって噂《うわさ》があるそうよ。でも追い出されたとか、実際のところどうだったんだか」

頬に手を当てて、記憶を語る女性。

「ちなみに、今はどこで何をしてるのか知らないかい？　実は私たちも、奴の手癖の悪さにやられた側でさ」

「あらまあ災難ね」

「だろう？　何とか懲らしめたくて居場所を探してるんだ」

女性に調子を合わせるようにリタチスタさんも少し大げさに思えるくらいの大きなため息をつく。

「そりゃそうよねえ。けど残念だわ、今はどこに住んでいるか知らないのよ」

「だよなあ……」

バロウは小さく呟《つぶや》いた。そして女性が見ている前だが、関係ないとばかりに、扉の壊れた空き家の中へ足を踏み入れる。

「何か些細《ささい》なことでもいいんだけど、情報はないかな」

リタチスタさんはまだ女性から聞けることがあると踏み、少し考えるようにあごへ手を当てた。

「例えば……、たまに見かけるとか」

「ここはずうーっと空き家よ。来たところなんて見たことないわ」

するとリタチスタさんは訝《いぶか》しげに眉をひそめた。

「きみ本当にこの辺に住んでるの？」

「えっ」

女性はビクッと指先を跳ねさせた。

私も内心で首を傾げ、思わずリタチスタさんに目を向ける。リタチスタさんがこの空き家の住所を知っているのは知り合いから聞いたからではなく、古い名簿を見たから。

視線の先にいるリタチスタさんの表情はいつもと違い、焦るような苛立《いらだ》ちを含んだものになっている。

「も、もちろん。なによ疑うなんて感じ悪い……」

女性もどこか慌てたように、あそこに住んでるのよ、とピッと指をさした。その先に一軒の家。この空き家から二軒ほど隣で、出窓があり、確かに家の中にいても、覗《のぞ》けばこの空き家の様子もうかがうことができそうだ。

「外の様子はよく見えそうだけど、一人で暮らしているのかい？」

世間話を始めようとするリタチスタさんに少し違和感を感じた。カルデノに目で尋ねるが、カルデノは少し眉をひそめるだけで、私の意図が伝わったのかどうかも分からない。

「そう、そうよ」

「ふうん、そう。ところできみ、随分若々しい手をしてるね」

「は⁉」

言いながらリタチスタさんが女性の手首を捕まえたのと、女性が自分の手を確認したのは同時だった。

女性は目を見開いた。だって手は若々しさなどなく、年配の女性らしく少し骨ばってハリのない皮膚だったのだ。

女性はすぐさま掴《つか》まれた手を振り払おうとしたのだが、リタチスタさんは石のようにビクともしない。

「あーはは。騙《だま》されちゃったねえ」

「あ、え……！」

自分の手とリタチスタさんの薄笑いを交互に見て、顔色が見る見る悪くなり、逃げることもできず半開きの口から繰り返される呼吸は荒くなっていた。

「きみ、タイラスの仲間？　見た目を変えれば簡単に騙せると思った？」

「やっ、あ、あの、その違、違う……！」

声こそ先ほどと変わらない年配の女性のものだったが、明らかに別人の話し方になったのだ。

「何を探りに来たの」

「………」

リタチスタさんの問いに、俯《うつむ》いて顔を隠し、反応を見せない。

「バロウ」

名前を呼びながら空き家の中へ女性の腕を強引に引いて行き、呼ばれたバロウはというと、別の部屋からひょいと顔を覗《のぞ》かせた。

「どうした？」

外の会話はまるっきり聞こえていなかったらしく、リタチスタさんがその女性の腕を掴んで離さない様子を不思議そうに見る。

「タイラスの仲間の一人みたいだ」

「はっ⁉　まじで⁉」

大股で女性の前まで歩み寄ってマジマジと顔を見て、小さく息を吐いた。

「見た目を変えてんのか。んじゃまず魔法を解いてくれよ」

「………………」

やはり女性は俯いて何も言わず、しかしその手は小刻みに震えていた。

「素直にタイラスのことを話してくれるなら危害を加える気はないよ。それとも、このまま魔力が尽きるまで震えているつもりかい？」

薄暗い室内に入ったので女性の表情はなおのこと見えなくて、でも荒い息遣いで緊張が増したことは丸わかりだった。

リタチスタさんに正体を見破られてから人が変わったように喋《しゃべ》らなくなり、逃げるとか抵抗するとかの意思も見えなくて、その怯《おび》えようは普通ではなかった。

数秒、シンとした空間で荒い呼吸を繰り返す口が、生唾を飲み込むために一度閉じられ、それから小さく震える声で女性は言った。

「ぼ、僕のこと、タイラスから逃がしてくれるって約束、してくれますか」

背中を丸め、リタチスタさんとバロウを縋《すが》るような眼差《まなざ》しで見上げた。

リタチスタさんとバロウは一瞬顔を見合わせる。自分のことを僕、と言った女性の言葉の意味を掴《つか》み切れていないのだろう。バロウは答えに迷っていた。けれどリタチスタさんは違う。

「とりあえずいいよ」

あっさりと答えた。

「リタチスタお前、そんな簡単に……」

「まあ、聞くだけ聞こうじゃないか。ほら話して」

「は、はい」

すると、今まで女性の姿をしていた人は魔法を解き、そこには少年の姿があった。まだ十歳か、十一歳か、それほどの幼さ。

私やカルデノは驚いて声が出かかったが、リタチスタさんとバロウにそんなそぶりはない。

「じゃあまず、きみとタイラスの関係を教えてくれるかい？」

「……はい。あの、僕は家が貧しくて、僕でもできそうな仕事をギルドで探してた時にタイラスに声をかけられたんです。元の研究所にある資料を持ち出せたら大金の報酬を支払うって」

「それはいつ？」

「えと、一週間くらい前です」

でも、と小さいながら力強く続けた。

「僕、盗みだなんて知らなくて……！」

耐えていたのか、ついに泣き出してしゃくり上げ、腕を掴《つか》まれているにもかかわらず、力が抜けたように埃《ほこり》だらけの床へベタリと座り込んでしまった。

「盗みだなんて聞いてないって言ったら、もう遅いって、僕も共犯だから誰かに言えば、家族にもギルドにも、僕が盗みを働いたこと言いふらすって……、ううっ」

この少年が逃走する可能性はないと判断したのか、リタチスタさんは掴んでいた手を離した。

「だが、言いふらすなんてあり得るのか？　そんなことしたら自分まで芋づる式に盗みを働いたとバレてしまうだろう」

カルデノが言った。

「ぼ、僕は家が貧しいけど、タイラスはギルトに信頼されてるから、どっちに分があるかは火を見るより明らかだって……」

「つまり、お前の言葉はタイラスより力がなくて、逆に貧しいお前の方が良からぬことを考えてタイラスに突っかかってる図にしかならないってことか」

「多分、そうなんだと思います」

バロウは、運が悪かったな、と言いながら憐れむような目をしていた。

「きみ、タイラスがギルドに信頼されてるって？」

「え？　はい。そう言ってました。ギルドの売店で何か、品物を出してるって」

これはタイラスの行方《ゆくえ》を掴むための十分な情報だと言えるだろう。リタチスタさんは更に問う。

「そもそもこの空き家は何に使われている？　きみがわざわざ様子を見に来るくらいだ、現在も意味のある場所なんだろう？」

「そ、それは分からないです」

プルプルと小刻みに首を横に振った。

「この空き家を見張って、誰かが探りに来るようなら知らせろって、ただそれだけで、詳しいことは教えてもらってないです」

仲間として使われているというより、少年は弱みを握られたため、指示の通りに動くしかない状況なのだろう。

けれど同情を見せたのは、先ほどバロウが口にした、運が悪かったなの一言だけ。それ以外はリタチスタさんも、バロウも、少年を思いやる様子はない。

「もしかしてタイラスは、名簿のこと知ってんのか？」

「名簿か……」

バロウの言葉に、リタチスタさんは少し考えた。

「私がタイラスを覚えているかどうかを確認したいんじゃないか？　名簿に顔は載っていない。でも名前と顔を一致させられたなら、古い名簿の住所を調べてここに来る。そうなったらタイラスは警戒すればいい」

「あー、なるほど、逆にここへ来なかったなら、駅で顔を見られたけどタイラスのことを忘れていて、名前と顔が一致しなかったわけだから、警戒の仕方も変わるってわけか」

「恐らくね」

「おい、そいつの言葉をそのまま信じるわけじゃないだろうな」

少年の言葉だけで動き出す雰囲気だったが、カルデノが釘《くぎ》を刺すように言った。

「まさか、そのまま信用するわけはないさ」

こちらにとっては納得できる返答だったが、少年にとっては違った。

　涙は止まったものの青ざめた顔で、待ってくださいとリタチスタさんに呟《つぶや》く。

「ぼ、僕ほんとに、あの、本当に嘘《うそ》は、誓って嘘は言ってなくて、ど、どうしたら信じてもらえますか……？」

「そもそもだけど、きみって普通に疑わしいんだよね。騙《だま》して盗みを実行させた奴に偵察させるとか、下手な魔法で姿を変えているとはいえ、わざわざ話しかけてきたことも」

「……………」

　また少年はだんまり。やはりすべて白状したというわけではないらしい。

「何か金の約束をされてるのかい？　多分きみの家が貧しいってのは嘘じゃないと思うんだけど」

　言いながらリタチスタさんは少年の横に屈《かが》んで、少年の靴を指さした。

「この靴。何度も修繕されているね、大きさも合ってないからかな、形も少し歪《ゆが》んでる」

「あっ」

　今更隠しても遅いが、少年は何とか服で隠そうと裾を引っ張る。

「服も大きさが体に合ってないし皺《しわ》だらけだし、適当に繕《つくろ》ったのが丸わかりだ」

　言われてみれば、ズボンの裾は長いのか折っている。かと思えば袖は少し短い。ちぐはぐだ。

「もともと私たちに正体がバレてしまうのが前提の作戦なら納得だね」

少年の喉がゴクリと上下するのが見えた。もともと嘘《うそ》が苦手なのだろう、目が泳ぎ、腹の前で手をモジモジと動かして落ち着きがない。

「きみは、運がいいよ」

ポンと、少年の肩へ手を置く。

「へ……?」

それは、バロウの言葉と真逆だった。この状況のどこが、この少年の何をもって運がいいとリタチスタさんは言うのだろう。

少年も言われた意味が分からずにポカンと口を半開きにして、リタチスタさんを見上げる。

「タイラスに利用されて今も生きているなんて運がいいよ本当に」

「ど、どういう、意味ですか……?」

まるでタイラスが人を殺したと示唆するような口ぶりに、空気が張り詰める。

「さっき女性のふりをしていた時、有名な誰かに弟子入りしたってことを言ってたね。随分昔に追い出されたんだけど、その理由は知ってるかな」

少年はまた首を横にプルプルと振った。

しかし、タイラスが研究所から追い出された理由を私はリタチスタさんから聞いていたため、『タイラスに利用されて今も生きてるなんて運がいい』なんて、話が繋《つな》がらない。

それとも隠されていた事実があるのか、耳を澄ませたのは少年だけではなかった。

「タイラスは昔、アルベルムというとても有名な人のもとで魔法を学び、仲間と実力を競いながら日々を過ごしていた」

リタチスタさんは静かな口調で語り出した。

そんな日々の中、他の仲間たちが先生に認められる素晴らしい魔法を作り、けれどタイラスにはなかなか芽が出ない。才能ある者たちと異なり、自分が名もないまま埋もれていくのを恐れたタイラスは、ある日一人の仲間の魔法を盗んだ。

素晴らしいともてはやされ、タイラスは味を占めた。またある日、今度は別の仲間の魔法の仮説を盗んだ。

それもまたもてはやされる結果となり、もはや盗まない理由はなかった。

だが次に魔法の設計書を盗んだ相手が悪かった。その設計書はすでに、何度もアルベルムに相談を持ち掛けて作られていたため、盗みを働いたことがバレてしまったのだ。

「でも前者の二人はおかしいよね、苦労して、寝る間も惜しんで作った魔法や仮説を、仲間のタイラスが自分の成果のように発表して、どうして抗議しなかったと思う？」

生きているなんて運がいい。

何も抗議しなかった二人の仲間。

そこから導き出される答えは一つだった。私は少年と揃《そろ》って怯《おび》えた表情をしていた。

「二人とも、殺されてしまったんだよ。タイラスは自分の望む道の邪魔をする連中を殺すことに躊躇《ちゅうちょ》なんてしない。騙《だま》される形で盗みを働いて、タイラスが関与していることを知ってるきみの口を封じるのに手っ取り早いのは、きみを殺すことだよ」

「え、え……？」

「だから言っただろう？　タイラスに利用されたにしては今も生きているなんて、運がいいって」

「う……っ。うぅ、やだ、死にたくない……、死にたくないよお……！」

少年は床に蹲《うずくま》り、声を上げて泣き出してしまった。

丸めた背中をリタチスタは慰めるように擦《さす》って、優しい声で語りかける。

「大丈夫、大丈夫だよ。言っただろう、私たちはタイラスを懲らしめるために居場所を探しているんだって。だから、きみがタイラスのことをもっと話してくれたら、きっと君の命を救う助けになるはずだ」

少年はガバッと勢いよく体を起こした。

「いっ、言いますなんでも、僕が知ってることはなんだって話します！　だから助けてください！」

「よし、よく言った少年！」

リタチスタさんはにっこり笑って、少年の肩をポンポンと叩《たた》いた。

まず聞き出したのは、ここで私たちが来るのを見張っていて、なぜわざわざ話しかけてきたかだった。

タイラスから受けた指示は、ここでわざと存在を怪しまれること。

直接少年に聞かずとも、リタチスタは後をつけてアジトを探ろうとするだろうから、そのまま気付かないふりをしてアジトまで連れてくる。もしくは直接疑いをかけられたなら素直に白状して、アジトまで案内する。そうして誘いこんだアジトに張った罠《わな》で、リタチスタさんの動きを封じる手筈《てはず》になっていた。

私がその作戦を聞いて真っ先に思ったのは、リタチスタさんの動きを封じることが可能なのだろうかという疑問だった。ふざけた疑問に思うかもしれないが、地下室に閉じ込められても魔法を使って脱出するし、魔法を封じられても手で土を掘って出て来そうだと思ってしまうのだ。なにせ火を噴くドラゴンの口へ飛び込む胆力の持ち主なのだ。

「そもそも、どうしてきみは資料庫へ同行することになったんだい？」

「あ、ええと僕しか変身魔法を使えなかったので。もし見つかった時は僕が資料庫の関係者に扮して怪しまれないようにするって役割で。直前で盗みなんだって気付いて断ったら、もう遅いって……。ギルドで会った時は親切な人だと思ったのに……」

どうやらタイラスやその仲間と知り合ったのはギルドでのことだったようだ。

「魔力量も申し分なさそうで魔法も使いこなしているように見えるのに、なぜわざわざタイラスたちの話を受けたんだい？　ギルドで力量に合った仕事を受けていれば生活は苦しくないだろうに」

「それが、急に僕が受けられそうな依頼が減って、一緒に依頼をこなしてくれる人も来なくなってしまって。そんな時に大金を稼げるって声をかけられて、つい。父が家を出て行って、体の悪い母とまだ小さい妹がいるから、僕が頑張らなくちゃいけなくてどうしてもお金が欲しかったんです」

少年がタイラスと知り合ったのは、ほんの一週間前と言っていなかっただろうか。仕事が減った途端に声をかけられるなんて作為的に思える。

少年を除いてその場の全員がそう思ったらしく、バロウなんて頭が痛そうにこめかみを押さえた。

「タイラスの思惑通りに動きそうだからって目をつけられたかな」

「………………」

少年はしゅんと肩を落とす。

数秒、沈黙が訪れたが、ずっと親身に少年の隣に屈《かが》んで話を聞いていたリタチスタさんが、パチンと膝を打って立ち上がった。

「さて、じゃあ次はどう行動するかだね」

「そりゃあアジトの場所を聞いて、そこにタイラスを探しに行くんだろ？」

「どうだろうねえ。コニーも言ってたように、やってないと、そんな少年は知らないと言われればそれまでになってしまうし、厄介なことにタイラス自身は資料庫へ盗みに入ってはいない」

タイラスが言い逃れできない状況に持ち込む必要があった。けれどそれはなかなか難しいと、リタチスタさんもバロウも頭を抱えた。

「あいつは罪人だと、お前ら二人が言うだけでいいんじゃないのか？」

カルデノは不可解な現象を目の当《ま》たりにするように、険しさと疑問の入り混じる表情で言った。

「言うだけで済んだら苦労はないよ」

「そうか？　タイラスはその苦労をしないんだろう？」

カルデノは少年を指さし、さらに続ける。

「こいつの言葉が信用されないのは、タイラスの方がギルドに信頼されていてその言葉に力があるからと言うなら、リタチスタとバロウならさらに力のある言葉を発することができるだろう。ギルドどころじゃない、国から信頼を寄せられてるんだからな」

リタチスタさんとバロウは、お互いに顔を見合わせた。

「そう言えば、俺もリタチスタも、国にとってはすごい人間だ」

「つまり、私たちの言葉に問答無用で信憑性《しんぴょうせい》が生まれるのかな。そもそも本当にタイラスがギルドに信頼されているかどうかも疑わしい。たんに少年を騙《だま》すための嘘《うそ》じゃないだろうか」

「実際に窃盗で研究所を追い出されてる過去もあることだしな」

ただ、それでも今からアジトを聞き出して乗り込み、タイラスに罪を認めさせ、なおかつ盗まれた転移魔法の設計書も取り返せるなんて、何もかもがうまく行くはずはない。

あれやこれやと数分話し合った結果、タイラスの仲間を探し出し、罪人として突き出すか、もしくは王都から出て行くよう命令する方向に固まった。

盗まれた転移魔法の設計書については、人目に触れる回数も話題に上る回数も最小限に抑えたいので、大勢の人を巻き込んでタイラスを探すことができないのが厳しいところだが、少年が知っていたのは、アジトの場所と、仲間数名の名前と職業など。

この時間、タイラスはアジトにいるはずという。

リタチスタさんの荷台に全員で乗り込み、一人離れて座る少年へさらに質問が続いた。

少年が顔を見たことがあるのは、一緒に資料庫へ盗みに入った一人、タイラスといつもつるんでいる男二人と、タイラス本人の合計四人。他にも何人かの名前を聞いたことはあるが、どこで何をしているのかまでは知らないようだ。

「きみは資料庫で盗みを終えて、仲間とはすぐに解散したの？」

「はい。本当はそのまま全員でアジトに集合して報酬の話になるはずだったのに、僕は空き家の見張りを言いつけられて、あなた方を上手くアジトにおびき出せたら報酬の話ってことになったんです」

「条件を変えたり、あらかじめ報酬の話をしっかり決めてなかったり……」

バロウは分かりやすく少年に同情しているようで、わざわざ隣に座り直してポンポンと背中を叩《たた》いてやった。

「最初から僕のことを殺すつもりで、だから細かなことなんて決める必要がなかったんでしょうか……」

「リタチスタからあんな昔話を聞かされたんだ、怖いだろうけど、俺からはなんとも言えないな」

リタチスタさんの浮遊魔法で荷台が宙へ浮く。

「きみ、アジトはどっちだい？」

「は、はい」

少年は出入口から少し顔を覗《のぞ》かせて、北門の方を指さす。

「あっちです。北門から少し東に逸《そ》れた場所に、大きな通りから離れて古い建物ばっかりで道も細いところがあって、そこに家、というか、どっちかっていえば倉庫みたいな古い建物があって……」

「なるほど。詳しい場所は、近くなったら案内を頼むよ」

「はい」

どうやら少年はリタチスタさんを苦手に思っているようで、バロウと話す時よりも少し声が小さい。すると、リタチスタさんが言った。

「ところで、タイラスが人を殺したってのは嘘《うそ》だよ」

「……へっ？」

少年はキョトンとしてリタチスタさんへ見開いた目を向けた。

「じゃ、じゃあ、どうして……」

「少し怖がらせた方がきみが素直になるんじゃないかと思ったからね。思った通り、今はこうしてアジトの場所を教えてくれるまでになった」

安心した少年は肩から力が抜け、胸を撫《な》で下《お》ろした。

それはそうだろう。人を二人も殺した人物と聞けば、口封じのために自分は簡単に殺されてしまう。そんな恐怖から逃れられるのだから。

「よ、よかっ……」

「少なくとも二十数年前、研究所での盗みは一回で、その時殺された人はいない。だからといって今も危険がないわけじゃないけどね」

真剣な表情で告げられた言葉に、少年は再び体を硬くした。

「でも、きみへの扱いは雑だし、タイラスにとっては、弱みを握られている厄介者って事実は変わらない」

「は、い……」

話は変わり、アジトについてからの行動をどうするか、バロウから口にした。

「危険だろうしこの子とカエデさんたちは荷台の中で待機するとして、俺もリタチスタに同行した方がいいか？」

「そうじゃなくて、万が一に備えて外で待機した方がいいのか、それともアジトの中まで一緒に行った方がいいかだろ」

「私一人に任せようなんて薄情なこと考えてるのかな？」

「んー。人数は多いに越したことはないけど、いかんせん人数が限られてるしねえ」

確かに、少年と、今はココルカバンに隠れているカスミを合わせても、ここには六人しかいない。そして恐らく、私と少年に戦闘面での期待はできない。

「アジトに何人仲間がいるか、そもそも罠《わな》がなんなのか確かめられればいいんだけど」

あ、とバロウが何か思いついたように人差し指を立てた。

「なら俺がこの子の姿を借りて、それっぽく聞き出してみるか？」

「え、バロウが？」

予想外の作戦とはいえ、意外すぎたのか、リタチスタさんはバロウの予想よりずいぶん驚いたようだ。

「きみも確か言ってたよね？　どのみち、誰かが探りに来たかどうかの報告はしに行く予定だったって」

少年は頷《うなず》く。

「バロウ、姿を変える魔法を使えるの？」

「ああ、まあ得意なわけじゃないけど一応な」

そう言ってバロウはチラッと少年の姿を確認した。すぐに一瞬風が渦巻く感覚があったかと思うと、あっという間に姿が変わり、全く同じ見た目の少年が二人に増えた。

「えっ、うわ」

本当に一瞬で、身長や身に着けている服や汚れまで、完璧に同じ少年になっていた。

バロウも自分自身で見える範囲を簡単に確認すると、ウンウンと頷く。

「これなら簡単にはバレないだろ。どう？」

声まで同じだ。少年よりも声量もハリもあり自信を感じられるが、ここまで話し方を聞いていれば真似するのも容易だろう。

バロウが魔法で変えた姿を見てリタチスタさんは納得したように、大きな音で指を鳴らした。

「いいね！　偵察はバロウに任せた！」

話が纏《まと》まり、荷台は着実にアジトへ近づいていた。

アジトの近くへ来た私たちは、少年の案内のもと、細く入り組んだ道を慎重に進んでいった。

建物がどれもこれも縦に長く、隣の建物との隙間は私でも肩を擦《こす》りそうなほど狭かったり、徒歩でしかすれ違えないくらいの広さしかない道も多い、さらに小さな階段で上下する場所もあって迷路のようだ。

道は分岐が多いものの碁盤《ごばん》の目のように整理されているわけじゃないし、はぐれたら簡単に迷ってしまう。もう後ろを振り向いても、来た道は分からない。

「すごい道だな、どうやって道を覚えたんだ？」

魔法を解いて本来の姿に戻ったバロウが少年に聞いた。

「ここは、もともと仕事でたまに来ていたので、そんなに苦労せず覚えました。初めて来た時は迷って近所の人に大きな通りまで案内してもらいましたので」

と恥ずかしそうに語った。

こんな入り組んだ場所をアジトに選んだのは、やはり知られたくない物があるなど、人目を避ける必要があるからだろう。

最初の話では私たちや少年は安全のために荷台で待機するはずだったが、入り組んだ道が想像よりはるかに狭く、馬車など到底通れる場所ではなかったため、荷台は離れた大通りに置くほかなかった。

少年には道案内を、そして私とカルデノにも役割を与えられていた。

「あ、ここを左に曲がって二軒目がアジトです。やっぱりタイラスいるのかな……」

警戒心を露《あら》わに、陰となる建物からそっとアジト方面を覗《のぞ》き見る少年の上から、バロウが、なあ、と声をかけた。

「はい？」

「タイラスのことは呼び捨てなのか？　あと、アジトへ入るために特別な合図なんかは決めているか？」

バロウはこれから少年のふりをしてアジトの様子を軽く探るため、情報を集める必要がある。

「とくに名前を呼んだことはないんですけど、もし呼ぶならタイラス……さんかな、です。合図とかもないです」

「よし」

意気込むと同時にバロウはまた姿を少年に変え、少々背中を丸めてアジトの方へゆっくりと歩き出した。

その後ろ姿はまるで、罪悪感に苛《さいな》まれる少年そのもの。

「カエデ、カルデノ、私はアジトを裏から見てみるから、このまま正面を見張っててくれるかい」

「はい」

私の返事と合わせてカルデノもコクリと頷《うなず》く。

私とカルデノに任された役割は、私の目を使った監視。

リタチスタさんがバロウを探して、ギニシアから一人でカフカへ向かった時、私の視界を共有することでバロウの存在を確信した。それを知らされた時は驚いたし、同意なしでは二度としないと言われたものの、今回リタチスタさんから真剣に頼まれ、無断でないのならと了承した。

とは言っても、そもそも私の視界を介しての監視は万が一に備えたもので、確実に必要になるとは限らない。アジトから一人も逃げ出さなければリタチスタさんは私の視界を必要とせずに済むのだ。

「誰か逃げ出した時だけ、付かず離れず後を追ってくれればいい。それじゃ私も行くよ」

バロウとは違い、人目に付かないように建物の裏から物音を立てないように進み、すぐにその姿は見えなくなった。

私の視界はすでにリタチスタさんに見えているため、すぐさま顔を覗かせてアジトの正面、バロウが向かった先へ目を向ける。

先ほどまでアジトの正面には誰もいなかったのだが、今は少年に扮したバロウと、入口を塞ぐように仁王立《におうだ》ちする男性が何か言い合っている。

「何話してるんだろ……」

たった二軒離れているだけの距離でも、私にはその会話は聞こえない。

けれどカルデノの耳には届いていた。

「今バロウが、名簿の住所に怪しい人物が来ていたと報告してる」

「私たちのことだね」

カルデノはさらに耳をそばだてた。

「報告だけ受けて終わりそうなのでバロウが焦ってる。……報酬の話はどうなってるのかと金の話を持ち出したが、適当にあしらわれてるな」

「ううっ、やっぱり報酬の話なんて、うそだったんだ……」

少年は目に見えて落ち込んでいた。

一瞬バロウからそらしてしまった目を慌てて戻す。

「どっ、どうしてですか！」

突然、私の耳にも聞こえる程度の声量ではあったが、バロウは声を張り上げた。少年らしく少し弱気で、でも精一杯の怒りを込めたような。

「タ、タイラスさんは、なんて言ってるんですか⁉」

タイラスの名前を出すと、おざなりな態度を取っていた男が、苛立《いらだ》ったようにバロウをアジトの中へ引っ張り込んでしまった。

「だ、大丈夫かな……」

私の言葉が終わるか否かのタイミングで、そのアジトの扉が、外へ向かってドカンと吹っ飛んだ。向かいの建物の壁を壊すほどの勢いだ。

「!?」

爆発でも起こったかと思ったけれど、火やそれに伴う黒煙はなく、数秒して、扉のなくなった出入口から飛び出す人影があった。

背格好はリタチスタさんでもバロウでもない。

「逃げたうちの一人は駅でコニーたちに絡んでいた男だ」

「え!?」

カルデノは私を背負って走り出した。

「恐らくあれがタイラスだろうが、リタチスタたちは何をしてるんだ」

確かに、タイラスが逃げ出したにもかかわらず、他にアジトから出てくる人影はない。

けれどリタチスタさんには私の視界のタイラスが見えているはず。

見つからずに尾行できればいいのだが、逃げ出したタイラスからすると、追ってくるリタチスタさんたちを警戒して、後ろを振り返らないわけがなかった。

こちらに気付いたタイラスが、逃げながら手に掴《つか》んだ植木鉢を投げてきたが、それをカルデノは片手でヒョイと払ってしまう。

「くそっ！」

無駄に距離を詰められるだけと判断したのか、タイラスはこちらへ攻撃を仕掛けるよりも入り組んだ道を利用して逃走を図る。

こちらに地の利はないうえ曲がり角の度に警戒するカルデノの動きが慎重になるものの、決して見失うことはない。大人が走り回る大きな足音を、カルデノの耳が聞き逃すはずがなかった。

「まずい、二手に分かれた」

二手に分かれた道を前にカルデノが踏みとどまる。耳がクルクルと向きを変えてどちらがタイラスが逃げた道なのかを突き止めようとしているが、肝心の足音が遠のく。

迷っている暇はなかった。

「カルデノ左！　左に行こう！」

「わかった！」

私が指さした左の道へカルデノは走り出した。

左を選んだのなんて、ただの勘でしかなかった。いやもっと悪い。ただカルデノの耳がたまたま左を向いたタイミングだった、ただそれだけ。

カルデノが走るに合わせて揺れる背中から、しっかりと前を見据える。このまま進み続けるのだと思ったが、カルデノは徐々に速度を落とし、右に曲がるしかない突き当りの道で、ゆっくりと立ち止まった。

「カルデノ、どうしたの？」

カルデノは少し息を乱していた。

「足音がなくなった。待ち伏せているかもしれない」

大きく深呼吸して息を落ち着かせると、一歩前に踏み出した。

「くらえ！」

曲がり角から飛び出して来たタイラスが、こちらに手のひらを向けて構えていた。

ピリッと電気を帯び、魔法が放たれるのを警戒した瞬間、目の前に大きな何かがズドンと落ちてきて私たちとタイラスを隔てた。幸いカルデノも私も怪我《けが》をすることもなく目を白黒させていると、落ちてきたものの向こうから、ぎゃあっとタイラスの悲鳴がした。

「え、な、なに」

改めて目の前に降って来た物を見ると、分厚い氷で覆われた扉だった。恐らくは吹き飛んだアジトの扉だ。硬く踏み固められた地面に深くめり込み、自立している。

カルデノがそーっとその氷漬けの扉の向こう側を覗《のぞ》き込むと、リタチスタさんがいた。

足元には気絶したタイラスがうつ伏せに倒れていて、リタチスタさんが手に持ったロープで縛ろうとするところだった。

「おや、二人ともありがとう、おかげてタイラスを捕まえることができたよ。怪我《けが》はないかい？」

　私はカルデノの背中から下りて頷《うなず》いた。

「でも、急に何が降って来たのかと驚きました」

「すまないね、本当はこの扉と一緒にタイラスを氷漬けにする予定だったんだけど、君たちに魔法が当たりそうだったから、隔てる壁を作ってあげようと思ってね」

「た、助かりました、ありがとうございます」

「そいつ、どうするんだ？　それにもう一人が逃げたままだが」

　二手に分かれて、私たちが後を追うと決めたのがたまたまタイラスだったが、もう一人はすでに逃げてしまったのではないか。

「ああ、そのもう一人も逃げられないようにしてあるから大丈夫。タイラスを縛り上げてから確認しに行こう」

　リタチスタさんはアジトから持ってきたロープを使って、これでもかとタイラスの体を縛り、カルデノの肩に担がせた。さらに下半身を氷漬けにされて拘束されていた、もう一人も回収。

　男二人をリタチスタさんが風船みたいに宙に浮かせながら、アジトへ戻った。

　アジトの前にはバロウと少年が待っていた。

扉が吹っ飛んでしまったためアジトは中が丸見えで、覗《のぞ》こうと思ったわけではないが一部床がなくなっているのと、ロープで縛られた男が二人転がっているのが見えた。

なくなった床の下の空間に地下があるようだが、暗くて詳しくは分からない。

「リタチスタ、さっき結構な音がしたけど、あんま目立ったことはしてないだろうな？　近所の人たちに不審がられてるぞ」

もともと人の住んでいる家が少ないので大騒ぎにはなっていないものの、ヒソヒソとこちらを見ながら話している人がちらほら。

「目立ったこと……、いや、まあ、後で何とかするよ」

誤魔化すようにコホンと咳払《せきばら》いしたものの、地面の真ん中に扉を突き立てたのは間違いない。バロウは小さくため息をつくだけに終わり、どうする？　と聞いた。

「四人全員捕まえることには成功したけど」

「まずは設計書がどこにあるのか聞き出さないとね」

そう言ってリタチスタさんはアジトの中へ入り、少年を残した全員がそれに続く。

床に、丸太のように仰向《あおむ》けに四人の男を並べ、リタチスタさんが順番に頬を思い切り叩《たた》いて回ると、全員が目を覚ました。

「やあ。久しぶりだねタイラス」

「うっ」

リタチスタさんが視界に入ると、タイラスはビクリと肩を跳ねさせた。

「資料庫から盗んだ物をどこに？」

「ぬ、盗んでない。俺とは駅で会っただろ？」

「きみが指示を出していたことは分かってるんだ」

リタチスタさんは怒りの表情をしているわけでもないのに、恐ろしい雰囲気を放っている。タイラスもそれを正面から受けて、明らかに怯《おび》えていた。

「今ならまだ、そちらの人生も取り返しがつくように計らう」

「…………」

タイラスは目を泳がせながら口を一文字に結んだ。

ふうー、とリタチスタさんはため息をついて、他の三人に語りかけた。

「タイラス以外は？　知っていることを言えるヤツだけ助けてあげるよ。同じ情報はいらない、早い者勝ちだ」

するとタイラスの右隣の男が口を開いた。

「タ、タイラスはまだ世に出てない魔法とか珍しい魔法石を売って生活してるんだ！」

「おいお前なんで……！」

裏切られたタイラスは黙るように言おうとするが、ハッとしたようにバロウとリタチスタさんを見て、口をつぐんでしまった。自分の状況から、何も言わない方がいいと判断したのだろう。

「最近、資料庫から盗んだ物もそのひとつで、噂《うわさ》だとアルベルムって人の、未発表っていうのか？　作ってた途中の魔法ってことで値打ち物だろうからって、だ、だから……！」

続きの言葉に詰まったのか、なかなか言い出さない。バロウが続きを言うように促す。

「だからなんだよ。今どこに置いてあるんだよ」

「その……、だからもう、俺らは持ってなくて……。あの、隠匿書っての、自分たちじゃどうすることもできないから、解除できる奴に回すために……」

「は……？　じゃあもう手元にないって言うのか？　盗んでからまだ数時間しか経《た》ってないだろ⁉」

さすがに午後を回っていたが、それでもこの五、六時間の間のこと。タイラス本人を捕まえることさえできれば全て終わると思っていただけに、私たちは動揺した。

「盗んだものを手元に置いている時間が長くなるほどリスクも高くなるから、いつもすぐに売り払ったり加工に回したりで、その日のうちに手放すなんてザラなんだよ」

リタチスタさんがそう言って、奥歯を噛《か》みしめるギリギリという音が、少し距離を置く私にまで聞こえた。

「じゃあ取引してる相手を言え！　どこで誰に渡したんだ！」

リタチスタさんが怒りに任せて声を荒らげた。

そして脅すようにタイラスの頭のすぐ横にズドンと足を落とす。

ウッと息を詰まらせたタイラスだったが、言わねば殺されると、場所を口にした。

「き、北門の近くの薬屋、看板に鳥の装飾があって、赤い屋根の店だ」

「嘘《うそ》だったらただじゃおかないからな」

「う、うそじゃ……」

「バロウ」

リタチスタさんはタイラスの言葉を遮《さえぎ》った。

「荷台を貸すから、タイラスたちは連れていって資料庫にでも閉じ込めておいてくれ。私は今言ってた薬屋に行ってくる」

「わかった。気を付けろよ」

バロウはリタチスタさんの行動に余計な口を挟まず、リタチスタさんもバロウに返事することなく外へ飛び出したかと思うと、まるで羽でも生えたように建物を飛び越えて行った。

「リタチスタさん、一人で大丈夫なんですか？」

「大丈夫だと思うよ、それにリタチスタ一人の方が早いからね。こっちは資料庫に戻ろうか」

縛られた床の四人がバロウの魔法で地上三十センチほどに浮く。

「あ、あの僕は……？」

入口でまごついて中を覗《のぞ》いていた少年が小さな声で問う。

「ああ、ええとそうだな……、家に帰るといいよ。今日のことは忘れて、明日からまたギルドでの仕事を頑張るんだ」

「はい。あの、大変なことになってしまってごめんなさい」

「いや、まあ、悪いのはタイラスだから、気にしなくてもいいんだよ。ほら、帰って家族の顔でも見た方がいいって」

少年の背負う罪悪感が少しでも軽くなるようにと、笑いながら明るい声で伝える。

「あ、ありがとう、ございます」

少年はまだ屈託のありそうな表情だったが、それでも腰を折って大きく頭を下げると、パタパタ走り去った。

「さ、俺らも行こうか」

リタチスタさんが貸す、と言った荷台までの道中、縛られた男が四人も不思議な形で運ばれていたのだから好奇の目にさらされた。


「よいしょ」

資料庫に戻り、肩に担いだ重い荷物を下ろすように、バロウは草の上で男四人の浮遊の魔法を解除した。

　ほんの三十センチほどの高さとはいえ、手も足も出ない状態で落下するのは痛かっただろう、全員がぐえっと、小さく呻《うめ》いた。

　資料庫の裏庭から見て、中に人の気配は感じられない。コニーさんたちはまだ戻って来ていないのだろう。

「さて、さすがにリタチスタが戻って来るまでただお茶でも、ってわけにはいかないし、少し話さないか？」

　地面に転がした四人の近くでバロウはしゃがみ込み、タイラスの顔を上から覗き込む。今ここで返事が欲しかったわけではないだろうが、少し間《ま》を開けてから続ける。

「まず、どうして資料庫に目をつけたのか、そこからキチンと聞かせてくれるか？」

「…………」

　タイラスは口を開かず、目を合わせようともしない。

「他の三人は？　何か知ってるだろ？」

　それでもやはり、誰も、何も言わない。先ほどのリタチスタさんの態度を見て、正直に情報を渡してもメリットがないと思ったのかもしれない。

「す、少しなら、知ってることがある」

　すると、一人の男がバロウの方へ首を持ち上げる。

駅で見た男ではない、初めて口を開く男だ。

「次の仕事の時覚えてろよお前……」

タイラスはもう仲間の口を塞ぐことはできないと判断したのだろう、出て来たのは脅し文句。すると、仲間の男が言う。

「次って……、俺らに次なんてあるかよ……」

それに言い返す言葉はなく、そして頭の片隅では同じように考えていたのだろう、タイラスは諦めたように脱力した。

地面に転がる四人の間に重たい空気が流れたところで、バロウがコホンと咳払《せきばら》いした。

「じゃ、まあ素直に話してくれるに越したことはないし、わけを話してもらおうか」

「そ、その前に条件を聞いてくれ！」

「条件？」

どうやら仲間の男が素直に話す気になったのは、交換条件を持ちかけるためだったようで、バロウは悩むことなく頷《うなず》いた。

「いいよ、聞こうか」

そんなこと許すかと、てっきり断るのだろうと思ったが、バロウは意外にもすんなり受け入れた。

「俺には家族がいて、こんなことを仕事にしてるなんて知られたくないんだ。だから知ってることを話したら、頼むから俺を見逃がしてほしい。さっきだって子供のことは見逃しただろ？」

「あー、なるほど。いいぞ約束する」

「いいのか？」

カルデノが確認するが、バロウの判断に変更はない。

「俺らは今は泥棒を捕まえるのが目的じゃないから、聞き出せることはさっさと聞く」

仲間の男はバロウの要求通り、なぜ資料庫に目を付けたのかをまず話し始める。

資料庫に目を付けたのは、急にバロウとリタチスタさんが戻って来たことが理由だった。今まで王都を離れて、話も聞かなかったのに、二人が揃《そろ》って戻って来た。それだけで資料庫で何か特別な事情があると語っているようなものだと思ったそうだ。

バロウはコニーさんたちに、魔力の貯蔵を頼むための理由として、アルベルムさんの名前を使っていた。コニーさんたちが他人に漏らすつもりはなくとも、外で話題に出ることがあった。そこからタイラスは、資料庫に有名なアルベルムさんの作りかけの魔法があることを知ったのだ。

あとは人の出入りや、時に予定などを見て、万が一に備えて変身の魔法を使える少年を連れて、盗みに入った。

「で、どこに何をしまってるのかも、どっかで見て知ってたわけか」

「あ、ああ」

「んで、隠匿書になってて内容を確認できないからって、どこにその隠匿書を解除できるヤツがいるんだ？　そんなヤツが小金欲しさに盗《ぬす》っ人《と》の味方するわけもないしな」

隠匿書を解除できるというのはつまり、多くの場合、隠匿書を作れるということで、そこまでの実力があれば引き受ける仕事の報酬だってそれなりに多い。余裕のある生活が出来るはずだとバロウが言うと、仲間の男は問い返す。

「全員が余裕のある生活してるってのか？　それとも隠匿書を作れる魔術師は全員把握してるとか？　違うだろ」

「そりゃそうだけど、でも隠匿書を作れるほどの人が怪しい仕事してるとか、国内でそんな話は聞かないし……」

バロウはしばらくカフカで、それも人目を避けるような生活をして世間との隔絶は自覚していたため、どうも自分の言葉に自信なさげだ。

それでも、自分の言葉で引っかかる部分があったようで、問いただした。

「まさか国外に売り飛ばしたのか？」

それならギニシア国内で怪しい仕事をしている噂《うわさ》を聞かない理由も分かる。

「さあな。店が受け取った商品がどこに行くかは知らない。国内かもしれないし、もしかして大陸の外に行くかもしれないが、俺らはあくまでさっき言った薬屋に売っただけだ。

正確に言えば中身に確かな価値があるか調べるまで金だって受け取れないのに……」

「とにかくあの盗んだ設計書……隠匿書を誰かが解除して、中身を調べる工程を必ず踏むってことか。それがどこで行われるかもお前らは知らん、と」

仲間の男は頷《うなず》いた。

「はぁー……」

大きく長いため息をつき、バロウは尻もちをつくように地面に座り込む。

「お前ら本当に最悪」

額に手を当てて、心底疲れ切った声色であった。

「ん？」

カルデノが耳をピンと立てて、資料庫の表へ繋《つな》がる道へ目を向けた。

「誰か戻って来たんじゃないか？」

「え、ほんとに？」

バロウは立ち上がって、大声で、おーいと呼びかけた。

「こんなとこにいたの？」

呼びかけに反応して現れたのはコニーさんだった。

「今戻って来たんだけどタイラスと今も交流のある……」

コニーさんの言葉がピタリと止まる。視線の先には縛られて丸太のように地面に転がされた四人の男。

「ってそれタイラスじゃないかよ！　えっ、もう捕まえたの⁉」

必死に探していた人物がこんなことになっていて、驚くのも無理はない。

「な、なんだ。じゃあ魔法の設計書も帰ってきたってことだね。安心したよ」

ホッと胸を撫《な》で下《お》ろすコニーさんだが、バロウはいいや、と否定した。

「もう売り飛ばされてた」

「えっ。……はあ⁉　冗談でしょ⁉」

「冗談じゃないんだよなあ。今リタチスタが買い取った店に行ってるけど、どこまで追えるか……」

愕然《がくぜん》とした様子で棒立ちになっていたコニーさんだったが、少し首を傾げてあごに手を当てた。

「買い取った店って、もしかして薬屋？」

「え、ああそうだけど。なんで知ってるんだ？」

「今までの聞き込みでそんな話が出てたんだ、あの薬屋は黒い噂《うわさ》があるって」

「噂？」

「そう。あくまで噂だからあやふやでロクな情報じゃないけど、国内じゃ足が付きそうな物を別の国に売る窓口みたいになってるって」

「……それって、国外に物を売りたいヤツが、ギニシア以外に商品が渡る前提で売りに行くってこと？」

「そうなんじゃないか？」

バロウは地面の男、特に先ほどペラペラ話していた男を睨《にら》みつけた。

「騙《だま》してんじゃねえかよ！」

話半分のつもりが結構な割合で信じていたのか、深くため息をつく。コニーさんは意味が分からないと首を傾げる。

「バロウ、こいつらに何か言われて信じてたの？　嘘《うそ》つきは泥棒の始まりって言うだろ、こいつらは泥棒なんだから嘘くらい履修済みに決まってるでしょ」

「コニーの言いたいことは分かるけど……」

「あ、そういえばなんで今日、駅で僕らを待ち伏せてたわけ？　どうやって今日戻って来ることを知ったの？」

確かに気になるところだ。けれどタイラスはフンと鼻で笑った。

「俺に聞きたいのかよ、自分で俺のことを嘘つきって言ったくせにな」

「……カチンときた。駅で絡んできたのは自分が資料庫には行ってないってアリバイ工作のつもり？　それともリタチスタの悪口を言ってみて僕らが同調するか、仲間に引き入れられるかどうか試そうとしてた？　駅で言ってたお前のリタチスタへの恨みつらみ妬みは凄《すご》かったものな。あの人に嫉妬なんて時間の無駄なのに」

コニーに言われ、タイラスが唇に力を入れて形を歪《ゆが》めた。図星の部分もあったのだろう。

「僕とラビアルがどこに避難するかって会話さえつかんでれば、避難してた町から来る馬車の到着時間だけ見張ってれば待ち伏せはできそうだし」

何も言い返さないタイラスを面白くないと言い捨て、代わりに調べてきたタイラスという人物について、すらすら話し始める。

タイラスは手癖の悪さも性格の悪さも直らないから、ギルドでの評判は悪かった。また、自分はアルベルム先生の弟子だったと言って受けた依頼も、まともな弟子ではなかったことが知られて打ち切られた回数は片手じゃ足りないらしい。

今もつき合いのある人に金を借りては返さず、一回一回は小遣い程度でも総額は笑えないほどまで膨らんでいるし、返せと言えば泣いて返済期限を延ばすよう懇願し、逆に怒り出すこともあったそうだ。

「なんてしょうもないヤツだよ、お前……」

「うっ、うるせえ！」

あわれむような、気色悪い物を見るようなバロウの眼差《まなざ》しに耐えられなかったのか、タイラスは体をくねらせて大声を出した。

「お前みたいに恵まれてるヤツには俺の苦悩なんて分からねえだろうが！」

「うわ、いきなり大声出すなよ、驚くだろ」

「ど、努力できた奴がっ、素直に頑張れた奴が、分かるわけ……」

タイラスは嗚咽《おえつ》交じりに泣き出した。

「結果としてここに転がされるような道を選んだのはお前だろ。挫折して上手くいかなかったからってなんだよ、一時はアルベルム先生の弟子でいたヤツが何言ってんだよ。免罪符になるわけねえだろ」

バロウは冷静だった。

対してタイラスは、リタチスタさんが戻って来るまで、声を押し殺してはいたが泣いたまま、時折鼻をすすっていた。

第六章　旅支度

リタチスタさんが戻って来たのはそれから一時間後のことだった。機嫌が良くないとすぐ分かるようなノスノスとした歩みで裏庭へ現れる。

「お、どうだった？」

「すっかり手遅れだった。店どころか、もう魔法の設計書も王都から出たみたいで、店も、店が持ってる馬車も二台とも調べたけど見つからなかった」

「やっぱりそうか」

「けど行き先は恐らくメナエベットだ」

メナエベット。名前は覚えている。隣の国の名前で、確か大陸の東側にある。

「聞き出せたのか？」

「ああ。店の店主を脅したら白状したよ」

「マジか」

バロウは目を丸くする。

「単純に馬車を追えばいいかと思ったんだけど、行き先が複数なようだから、どこを追ったらいいか分からないし、店主も運び方までは指定してないから分からないってさ」

「じゃあ、通る関所もわざわざ複数に分散させてるってことか。落ち着いて話し合う必要がありそうだな」

「そうだね、じゃあこいつらはサッサと自警団にでも引き渡さないとね」

リタチスタさんはそう言って四人の男を魔法で浮かせたところで、一人がジタバタし始め、バロウに縋《すが》るようなことを言った。

「やっ、約束したろ！　見逃してくれるんじゃないのかよ⁉」

そんな約束をしたのか、と責めるようなリタチスタさんの視線がバロウに刺さるが、バロウはわめいた男を見下ろす。

「そっちも知ってること話すって約束守ってないんだし、俺だけ守るわけないだろ」

そうしてタイラスたちはリタチスタさんによって自警団に引き渡され、資料庫での話し合いとなった。

資料庫の空き部屋で全員が揃《そろ》って情報を出し合った。

設計書はすでに王都になく、行き先は恐らくメナエベットであること。

タイラスたちは大きな組織ではないため、タイラスを自警団に引き渡したことで今後はもう機能しないだろうこと。

取り戻さなければならない物だが、信用できる人たちだけで行動するとなると、やはり大人数で動くべきではないとリタチスタさんとバロウの意見が一致したため、メナエベットへは三組に分かれて向かうことになる。

コニーさんとラビアルさんで一組。異世界間転移魔法の設計書だとは知らなくても、公にされていない重要な物だと二人は理解している。

バロウとリタチスタさんはそれぞれ一人で動くが、本人たちは問題ないらしい。

ギロさんは老体で長旅は厳しく、シズニさんも資料庫の管理があって離れられないため三組で、メナエベットの三つの関所から転移魔法の設計書の行方《ゆくえ》を追うことになる。

とりあえず話し合いが終わってコニーさんたちが旅の準備のため資料庫から出たあと、リタチスタさんとバロウに呼ばれ、私たちは研究室へ向かった。

研究室には後藤さんとラティさんがいて、気が付いたカスミがすぐにココルカバンから飛び出した。今日はずっとココルカバンの中で窮屈だったのだろう。背筋を伸ばしていた。

「ちょっと、座って話そう」

いつも使っているテーブルに全員つくのを確認すると、バロウは続けた。

「今回は、その、こんなことになって本当に申し訳ない。正直なところ残っている資料でまた転移魔法の設計書は作り直せる。でもただ、盗まれた設計書は一刻も早く取り戻す必要があるから、そちらを優先するのを許してもらいたいんだ」

「もちろんです。私は構いません」

リタチスタさんの話によると異世界間転移魔法の作りは、点と点を繋《つな》ぐ今までのものと違い、好きな場所へ転移する魔法に見えるのだと言う。

いつか誰かが作って世に出てしまうとしても、それは、今自分たちの作っている魔法から流用する形になるのを避けたいと。

「後藤さんも……」

「あ、俺も全然平気！」

後藤さんは本当に何でもないように笑って、バロウはホッと胸を撫《な》で下《お》ろした。

「まあ、みんながここを留守にするのはちょっと残念だけどね。寂しいし、気軽に頼み事できる人がいなくなるとラティの買い物の楽しみも減るから」

「んん、そうか、ラティは最近、カエデたちに買い物を頼んでいたようだったからね」

テーブルの上でカスミに髪をいじられているラティさんも、少し残念そうに肩を落としている。

「仕方あるまい、買い物などしなくても、死にはせんのだ」

今日のことを考えるとシズニさんにあれこれと買い物を頼むのは忍びなく、ギロさんにはそもそもあちこち歩くことになる買い物は、頼みづらいとラティさんは言った。

「ねえ、俺って物を動かしたりできないの？　前にも言ったかもだけど、幽霊っていったら勝手に窓を開けたりカーテン揺らしたり、棚の物を落としたりするじゃん。みんなの言う死霊って、俺の言う幽霊と違うの？」

「え……。ど、どうかな」

バロウは戸惑って、リタチスタさんに助けを求めるような目を向けた。

「うーん……」

リタチスタさんは真剣に悩んで顎に手を当て、死霊についての考えを述べる。

「死霊は人に取り憑《と》くという。取り憑かれた人は正気を失うのか操られるのか、自我を失う者や、そのまま気を失う者、さまざまだけど、操られてるとするなら、それって広い意味で『物を動かす』に該当するんじゃないかな」

「お、おお……！」

後藤さんは目をきらめかせて熱心に言い出した。

「ちょっと試したい！　どうやったら取り憑けるんだろ？」

今にも体を貸してくれと言い出しかねない勢いだったため、たまたま目が合ったバロウはブンブンと大きく首を振って断った。

「こ、怖いこと言う人だなあ。まずは人形でも動かせるようになってよ」

「だめかあ」

ラティさんは断られる予想はしていたようで苦笑し、冗談として流しそうだった。けれどリタチスタさんだけは違っていて、妙なことを言い出した。

「人形と言えば、メナエベットに人形で有名な大きな街があったなあ。小さくて可愛い人形から人にそっくりな人形までたくさんあった」

「へえ、そりゃすごいな」

今までさまざまな土地を旅して、見て来たものの一つなのだろう。

「バロウやゴトーの言う幽霊は、どんなものなんだい？」

「え、興味あるのか？」

人形の話とは脈絡がないように感じられた。

バロウが意外だなあと言うと、リタチスタさんは、いやいやとそれを否定。

「私たちが言う死霊もゴトーの言う幽霊も、言葉として大した違いはないと思うけど、でも確かに齟齬《そご》があるんだ。私や、多分カルデノも想像する死霊……、いやそちらに合わせて幽霊と呼ぶけど、窓を開けるだとかカーテンを揺らすだとか、棚から物を落とすだとか、そんなことしないよねえ」

「しないな。襲うつもりなら襲ってくる、回りくどく隠れるだとか脅かすだとかするイメージはあまりない」

カルデノもリタチスタさんも死霊に対してのイメージは共通しているようだ。

「あ、そうだ」

そこで、リタチスタさんたちの言う死霊と、後藤さんや私たちの言う幽霊、両方の認識やイメージも持ち合わせるバロウが、思い出したように人差し指を立てた。

「こっちの世界じゃ、霊感とかって聞かないよな。魔力が見える見えないの議論はあるのに、幽霊が見える見えないの議論はないし」

「えーっ、マジで？　じゃあクラスに一人はいた、実は自分幽霊見えるんだよねってタイプの子もこっちの世界には存在しないってこと？」

「しないんじゃないかな」

「見える？　見えるのは当たり前じゃないのか？　今ここにいる全員、ゴトーが見えてるだろう」

カルデノの意見はもっともだが、後藤さんはチッチッとわざとらしく舌を鳴らし、懐かしむように語る。

「幽霊って霊感を持ってる人しか見えないんだよ」

「れい、かん……？」

「見える人と見えない人が存在するから否定派と肯定派がいて、科学的に証明もできなくて、ぶっちゃけ嘘《うそ》だって吐《つ》けるわけ」

後藤さんが言うと、全員が耳を傾ける。

「俺も中学生の時、同級生に自称霊感のある女の子がいてさ、じゃあ近所のいわく付き廃《はい》墟《きょ》に行こう、幽霊がいるならなんでずっとそこにいるのか聞けるだろってことになって」

コンクリート塀に囲われた古い民家がその廃墟で、荒れ果てて窓ガラスは全て割れ、内部は風化が進むばかり。

正直なところ後藤さんは幽霊がいるかいないかワクワクで、同じことを思った同級生が九人も集まって廃墟へ向かったそうだ。

学校が終わってから、夕方、暗くなる直前。荒れた玄関は扉が外れて建物内の物の散乱した廊下がよく見えた。そして霊感のある女の子が全員に押されて先頭に立たされた。

「けど怖かったんだろうね、一歩も中に入らないで、男の幽霊が廊下の突き当たりに立ってるとか、入って来るなって怒ってるとか、こっちに来てるって言うんだ」

全員、後藤さんの話の続きを待ち、相槌《あいづち》もない。

私は興味と恐怖が混ざって、膝の上の手が落ち着かなかった。

「実際霊感があったのか、幽霊はいるのか、全員分かんなくなって、どうせ霊感なんてないだろ嘘つくなって女の子に言ったんだ。だって女の子が嘘つきだったら幽霊もいない、こっちに近づいて来てるなんてこともない、怖いものなど何もないって状態になれるから。俺も怖かった。でも女の子は怒って、嘘じゃないって怒鳴ったんだ」

そしたら、カチャンと小さな音がした。女の子の言う廊下の突き当たりの方から何か硬い物が落ちたような音。嘘つくなとか言い合いしてたくせに、原因の分からない小さい音はすごく怖くて、全員蜘蛛《くも》の子を散らすみたいにその場から逃げ出した。

「怖いだろ？　俺はめちゃめちゃ怖かったよ。次の日学校はその話で持ちきりで、あんまり騒いだから学校から肝試し禁止って言われて終わった」

話が終わると、私は怖くなってきて、寛《くつろ》げていた足を椅子の下に入れるように縮めた。

「ふーむ。それがそちらの持ってる幽霊のイメージ？」

リタチスタさんに聞かれ、私と後藤さん、それからバロウも揃《そろ》って頷《うなず》き、私は言った。

「後藤さんの体験談だから幽霊は出て来ませんけど、振り向いたらいつの間にか後ろにいたとか、腕を掴《つか》まれて痣《あざ》ができてたとか、枕元に立って何か言ってるとか、生前の恨みや心残りを晴らすために成仏《じょうぶつ》できないとかいろいろ怖い話はありますよ」

「なるほどね。ちょっと聞いただけだけど、こちらの幽霊とそちらの幽霊の決定的な違いは、意思があるかどうかだと思う」

「意思？」

リタチスタさんの説明に、バロウは首を傾げた。

「そう、死霊はなんというか……、失った肉体を取り戻すために人を襲う、本能のようなものだけで動いてる、人の体が欲しいという意思でね。カエデやゴトーから聞くそちらの幽霊は言葉を使うだけの理性があり、取《と》り憑《つ》くわけではなく腕を掴んだりわざわざ枕元に立って何か言ったり、心残りや恨みから人の世に残る意思がある」

「けど心霊話なんてほとんど創作だ。というか、お前、何で急に幽霊の話なんて聞きたがるんだ？」

　言われてみれば、リタチスタさんは後藤さんとバロウの冗談話を真に受けたような態度だった。訝《いぶか》しむ様子のバロウを見てリタチスタさんは後藤さんを指さす。

「物に触れられるかどうかが知りたかったんだよ」

　後藤さんが確かめるように自分を指さすと、リタチスタさんは続ける。

「死霊は本能に従って、肉体を得ることだけを目的にしたから人に取り憑くことができて、けどそれしかないから武器を持つとかはできない。幽霊が物を動かす、腕を掴むってのも同じくそれに触ろうとする意思があるからだろう。だからゴトー、きみだって意思によって何かを自分の手で触れるはずだ」

「うん。それはまあ、できたらいいなあとは思うけど……」

　と、どこか気のない返事に、リタチスタさんは熱の籠もった言葉を被《かぶ》せた。

「きみが物に触れられるだけで、ラティと一緒にできることがウンと広がるんだよ？　カバンを持ち歩けばラティと出かけられるだろうとは考えないのかい？　体が欲しいとは思わないのかい？」

「体は欲しい、けど……」

　体。その単語は私の中で結びつくものがあり、リタチスタさんに聞いてみた。

「あの、さっきメナエベットに人形で有名な街があるって言ってましたよね？」

「言ったね」

「もし後藤さんが人形を動かせるなら、等身大の人形が手に入れば、それって後藤さんの仮の体になりませんか？」

「なる。なるね」

後藤さんは言葉を失っているようだった。驚いているのか、呆《あき》れているのか、とにかく口を半開きにして目を丸くしている。ラティさんも何も言わないけれど、でもその目は期待に満ちていた。

「等身大の人形は売っていたよ。目に輝きがあって、滑らかな肌をしていて、店先の椅子に座っていたんだ。それで人形だとは思わなくてつい話しかけてしまったくらいだよ」

リタチスタさんは恥ずかしそうに笑い、話を続ける。

「そんな人形を作れるのは、メナエベットの人形の街くらいだ。なあゴトー、人形を使ってみる気はないかい？」

「そりゃ欲しいけど」

答えは決まっていたようだった。

平静を装いながら会話を聞いていたラティさんの表情は、明らかに期待に満ちていた。

「でもこれから忙しいだろうに、大きな人形を買うのは手間でしょ、あと俺は普通にお金持ってないんで。でも教えてくれて嬉《うれ》しいです」

ラティさんの期待感が、背中と一緒にしぼんでゆく。

「後藤さんが嬉しいのは本当に分かるよ。でも人形を買いに行く暇があるか？　よく考えてから言えよ」

バロウがリタチスタさんを責めると、それまで聞くばかりだったラティさんがテーブルの上で立ち上がった。

「か、カエデに頼めないか？」

「えっ？」

突然名前を呼ばれて私は驚き、間の抜けた声が出てしまった。

「今回の買い物はいつも頼んでいるその辺の買い物とわけが違うと理解している。しかし、その、金もワシが今持っている分を全て渡す。だから、どうか頼まれてはくれないか」

「どうしたんだよラティ、無理しなくたっていいのに」

必死な様子のラティさんに後藤さんはオロオロして、けれど心配して口に出した言葉にラティさんが噛《か》みついた。

「無理などではない！　お前はいつもいつもここの庭をグルグル散歩するばかりで何も思わないのか？」

「え。え？」

「ワシはもっとお前と一緒に街の中を散歩したいし、お前と一緒に買い物をしてみたい」

顔を真っ赤にして目を潤ませ、感情を高ぶらせている。後藤さんはすぐにゴメンと謝った。

「遠慮が先に出ちゃったみたいだ。本当にごめん。俺もラティと街をぶらつきたいし、この散歩だって実は飽きてる。それにずっとここで世話になっていられないだろうしな」

「そ、そうだろう！」

嬉《うれ》しさを隠しきれず頬が紅潮するのが後藤さんにも見えたらしい、本当に嬉しそうにニコニコと口角が上がり、こっちにまで嬉しさが伝わる。

「俺からもお願いだカエデちゃん。どうにか人形を買って来てもらえないかな」

私はすぐにでも頷《うなず》きたかったが、カルデノはどうだろうと隣を見る。

「かまわない」

こちらから何を言うまでもなくカルデノの返事は早かった。

「わたしもいいよ！」

カスミも自分から了承の返事をくれた。

「はい、任せてください」

話がついたね、とリタチスタさん。

「早い返事で助かる。ただ、きみが本当に人形を仮の体として使えるかどうかは分からない、それでもいいね？」

「いろいろ練習しておくんで全然大丈夫です！　お願いします！」

深々と頭を下げたのだった。


翌日の早朝、私たちは資料庫の前に集まった。

メナエベットへ向かう私たち全員は多めの荷物を持ち、資料庫に残るシズニさんたちも見送りのため外へ出ている。

人形の街までの都合を考えて、私とカルデノは一番近いルートを通るリタチスタさんと行動を共にすることになり、地図と、それから旅券はリタチスタさんとバロウが顔を効かせてすぐに準備してくれたものが配られた。

「私たちの行動が遅いとは思わないけど、おそらく設計書はかなり遠くまで行ってしまってると思うから、できる限り急ごう」

「俺やコニーたちは、リタチスタと違って荷台を浮かせて移動とかはできないから少し遅くなるけど、先にメナエベットへ到着する分頼むぞ」

「途中まで一緒に行かないんですか？」

「私は急ぎでメナエベットに入るけど、バロウとコニーたちは移動がてらその路線で聞き込みをするんだ。不審な馬車や業者を見ていないかとかね」

正直なところ、設計書がどこに運ばれたのかは分からないけれど、隠匿書を作れる、もしくは解除できるような魔術師はやはり限られる。今できるのは目星を付けたいくつかの場所へ向かい、隠匿書の解除依頼が届いていないか、類似した依頼が届いていないか。現物があるならその回収。

その途中、人形の街に近い場所でリタチスタさんと別れ、私たちは後藤さんに頼まれた人形を探す。

ただ、問題があるとすると、お互いに連絡を取り合う手段がないこと。

常に移動することになるため、決まった場所に状況を綴《つづ》った手紙を送ってもどこかに伝言を頼んでも意味がなく、数か所ある目星をつけた場所も、それぞれ別の場所へ行くことが決まっているため、途中で合流ともならない。そのため状況の確認ができるのは、全員が目星を当たった後の最後の集合地点だけ。

そこは全員が不安に思っている部分だった。

携帯電話でもあれば便利なのにと、これほど痛感することもない。

「じゃあ全員、持ち物の不備などがないか確認でき次第出発だ」

リタチスタさんが手を打つと、一番に動き出したのはコニーさんとラビアルさん。

「僕らは二人でしっかり確認は終わらせてるから、先に出るよ。ラビアルもいいよね？」

「うん、大丈夫。じゃあ皆さん、メナエベットの集合地点で会いましょう」

コニーさんたちは、手を振りながら一足早く資料庫を去る。

私たちも準備をしてから荷物を肩にかけ直す。

「カ、カエデ」

「はい？」

後ろから声をかけてきたのはラティさんで、どうやらシズニさんが持ってくれている荷物を受け取ってほしいようだった。

「昨日言っていた金だ。これをゴトーの人形を買う金にしてくれ」

受け取ったものは、ラティさんが妖精の水と引き換えに得た大切なお金だ。そう思えばこそ、受け取る手つきもしっかりとしたものになった。

「カエデ、カルデノ、行けるかい？」

「はい、大丈夫です」

「よし。それじゃあ行ってくるよ」

資料庫に残るシズニさんたちは、行ってらっしゃいと手を振ってくれて、とくに後藤さんの手の振り方は大きかった。

バロウも荷物を背負い、同じく別れの挨拶《あいさつ》を交わす。

「じゃ、俺も準備ができたから行くよ」

挨拶自体はあっさりしたもので、すぐに背中を向けて歩き出した。

リタチスタさんはその背中を数秒ほどジッと見つめ、それから裏庭の方へ向かった。

荷台へ乗り込むと、すぐに浮いたのが体に感じられる。

「こんなことになって、本当にすまないね」

リタチスタさんは申し訳なさそうで、声もいつもより小さい。

「いえ、大丈夫です。それに……」

それに、カルデノとカスミ、二人ともう少しだけ一緒にいられることが正直嬉《うれ》しいのだが、でも、口には出せなかった。

「それに私、旅って結構好きです」

すると、私も、とカルデノが呟《つぶや》く。

「私も、旅は好きだ」

もしかしたらカルデノも、私と同じ思いを抱えているのだろうか。

「じゃあ、メナエベットへ出発だ」

リタチスタさんの声と共に、私たちの乗る荷台は動き出したのだった。


〈『ポーション、わが身を助ける9』へつづく〉

この作品に対するご感想、ご意見をお寄せください。

●あて先●

〒101-0052 東京都千代田区神田小川町3−3
主婦の友インフォス　ヒーロー文庫編集部

「岩船 晶先生」係
「戸部 淑先生」係

ヒーロー文庫

ヒーロー文庫

ポーション、わが身《み》を助《たす》ける 8

岩《いわ》船《ふね》 晶《あきら》

2022年10月10日　第1刷発行

発行者　前田起也

発行所　株式会社　主婦の友インフォス
〒101-0052 東京都千代田区神田小川町 3-3
電話／03-6273-7850（編集）

発売元　株式会社　主婦の友社
〒141-0021
東京都品川区上大崎 3-1-1 目黒セントラルスクエア
電話／03-5280-7551（販売）

印刷所　大日本印刷株式会社

ISBN 978-4-07-453210-0